○人間・釈迦《シャカ》とその弟子たち○

目次

1話　大樹の下で

そこはインド・ガンジス河上流の岸辺近くで、時折、のんびりと牛の鳴き声がする牧場があった。

つまり、後世になって〈ブッダ・ガヤ〉と呼ばれるところで、当時はウルヴェーラー村と称していたが、あまり広くない牧場近くに青青と繁った大樹の下で両脚を組み、瞑想にふけっている一人の修行僧——と言えば、誰しも「ああ、釈迦《シャカ》か」と合点するであろう。が、しかしである。

このようにゴジゴジした大樹の感触を肌にしながら坐禅をしていて、彼は何を考え、何と闘い、何を解き明かそうとしているのだろうか。

伝えられるところによると、釈迦はこの樹の下で悟りを開いたことになっている。

この人品いやしからぬ若い修行僧に感動したものかどうかは知らぬが、楚楚《そそ》とした牧場の娘が搾《しぼ》りたての牛乳とわずかな食物をほとんど無言で彼にささげるのであった。

娘の後ろには、まだ十三歳になったばかりの弟、上半身裸の阿南がくっついて来ていて、姉のかわりに未熟な口をきく時がある。修行僧は鬚《ひげ》面ではあるが、やさしい眼差しで感謝の意を表わし、へんに遠慮もせず素直に受けとり、育ちの良さを彷彿《ほうふつ》とさせるのであった。

「ここで何を祈っているの?」

少年らしく屈託なく阿南は修行僧にたずねた。

姉は恥しそうなふうを見せ、弟の手を引く。(いいじゃないか)とでも言いそうな少年のそぶりに、修行僧は微笑しながら応えた。

「いろいろなことを考えているのだよ」

「ふーん」

合点がいかぬ様子で再びたずねた。

「いろいろなことって?」

「阿南……、失礼よ」

わずかに頬を赤くして姉が弟の手を強く引き、申し訳なさそうに頭をさげた。

すると修行僧は、

「いや、いいんですよ」

と、制し、

「いろいろなこと、じゃ、わからんよね。たしかに……。そうか」

修行僧はちょっと考えるようにした。

「どう説明したらいいかな。若いお前にもわかるように、一つ考えなくてはならんな。……独り、難問ばかりと向かい合うのでなくして。うむー、こりゃ、一つ勉強になった。年寄りにも、お前のような若年者にもわかるような説法の研究をもなぁ」

と、ひとり頷いた。

正直言って、この若い修行僧が何を心に持って言っているのか、阿南には全然、見当がつかない。

「帰るわよ」

姉は小声で弟の手をひそかに引いたが、阿南は姉などそっちのけで、修行僧のほうに興味を持ったのか、眼差しが一点にしぼられていた。

そんな弟に姉は恥しそうに修行僧に一礼すると、弟を置きざりにして、そそくさと牧場へと立ち去って行った。そんな後ろ姿を修行僧は無言のまま見送った。その視線を少年らしい敏感さで阿南は眺めながら、（もしかして、姉ちゃんのこと好きなのかなぁ）、目の下がこわばった。

「人間とは困ったものだ。始末におえん」

一種の自己嫌悪と言っていいのか、吐きだすように呟く若き修行僧。

「そうかなあ……」

訳もわからぬ阿南。

わずかながらでも樹木に覆われたこの辺は暑さを凌《しの》げるのだが、目の前の牧場なんかは炎熱地獄になる時さえままある。

水の補給に河への往復が阿南にとって重労働なのだろうが、環境が人間をつくるのかどうか、阿南はそれほど苦にもせず、これが日課として今日に至っている。

昼間でもほとんど人通りのない大樹の下で、仏教史に名を輝かせた師弟が対面しているとは、当人とて、この時点では予想もしなかったであろう。

「お前のところでは家族が何人いるのだ」

そう問われると、阿南は子どもらしく無邪気に、

「お父ちゃんとお母ちゃん、それに、お兄ちゃんとお姉ちゃん、俺」

「いい家族構成だな……。ほうぼう見てまわるが、お前なんかは幸せなほうだ」

「お兄ちゃんがね、もうじき牧場を継ぐんだって」

「そうか。牛がたくさんいて、いいではないか」

「昔はもっといたんだって」

「ほう」

「おじいちゃんの代にね、白い色をした神様みたいな人たちが来て、牛を連れて行ったので少なくなったんだってさ」

「神様みたいな人？」

真剣な顔つきになって修行僧は頷いた。

そして、苦笑して言った。

「カミサマはよかったな」

「とても貴《とうと》いお方たちなんだって」

阿南はそう言ってから、

「貴いお方って色が白いのかしら」

幼い疑問をぶつけてきた。

「ふむー、どうだかな」

修行僧は即答に迷ったようであった。

「ほらね、少しちがうよ」

自分の腕を出して見せた阿南は、修行僧の皮膚の色と不思議そうに見比べるのだった。

修行僧の肌の色は、阿南ほど黒茶ではなく、いくらか白みを帯びていた。

「人間の価値は皮膚の色で決まるものではないよ。……まず心だ。心がいかに美しいかで決まる。その心がむずかしい」

「へー、心？」

「そうだ」

「じゃあ、お父ちゃんから聞いた、白い色をした神様みたいな人たちって何だったんだろう？」

「一歩、前進だな。たのもしい」

「ねえ、その神様みたいな人ってなーあに」

「きっと、泥棒だろ」

「泥棒？」

頓狂な声を阿南が上げた。

「泥棒が言いすぎだったら、泥棒の親戚ぐらいにあたるかな。牛を連れて行ったんだものね」

「ふーん？」

阿南にはまだ掴《つか》みにくい問題だったようだ。

「とにかく勉強をしなさい。わからないことがあったら訊くがいい。お前は賢そうだから」

修行僧は阿南の頭に掌をのせた。

「それは何だろう、なぜだろうという疑問を持つことが大切なんだ。でないと、人間はやがて滅びてしまう」

「……？」

阿南にはまだ修行僧の言っていることが理解しかねた。

「私は、お前たち姉弟の気持ちに感謝している。いつもおいしい牛乳とご馳走を恵んで下され、うれしい。やさしい心根に感謝している。姉君にはな、お前からも、乞食《こつじき》僧が喜んでいたと伝えてくれ。ちと、恥しいけれどね」

「うん、伝えておくよ。……けれどね」

少し阿南はあとの言葉が言いにくかった。

「けれどね、……姉ちゃんね、近いうちに嫁さんに行っちまうんだ」

「……！」

衝撃だったのだろうか。

修行僧の呼吸が止まったかのように阿南には感じられたが、じきに潤んできたような修行僧の眼差しを阿南は見つめた。

「そうか、嫁にゆくのか」

修行僧の語尾に力がなかった。

「相手は頭のきく商人なんだって」

そんなことは若い修行僧にはどうでもよかったのかもしれない。

無言のまま坐禅を解いて、この辺では見かけないステキな皮でできた履物を頭陀袋《ずだぶくろ》のなかにぶちこみ、暑さよけの長い襞《ひだ》の頭巾をかぶると、裸足のまま大樹から離れようとした。

「どこへ行くの？」

不審そうに阿南が問うと、

「わからん」

あらぬ方向を眺めたまま、気抜けしたように修行僧は応えた。

「悟《さと》りは開けたの?」

何気ないように訊く少年の言葉には、修行僧にとって支えられぬほどの重量があった。

「考えれば考えるほどわからなくなってくる。人間とは、そんなものなんだ」

「じゃ、しょうがないじゃない」

「しょうがないな。いくら坐禅を組んだって、こんなもんだ」

「へんなの」

大樹に掌《て》を置きながら阿南は、裸足で土を蹴りながら想った。

もしかしたら時どきここへ来て足を組み、目をつぶっていたのは、お祈りなんかより、姉ちゃんのことが好きだったからではなかったのか、と。

少年らしい機敏な観察ではある。

「これでは、いかんな。もっと厳しい気持で修行をせねば」

修行僧はそう言うと、阿南の掌をとり、

「しっかり勉強せいよ。身体に気をつけて、な。いいか」

勉強せいよと言われても、どう勉強していいのかわからない。教えてくれる人もいないのに。いったい何を勉強しろと言うのだろう。

阿南は混迷と不安のなかへ置きざりにされたような気分であった。

「大人になったら弱い人のために尽くすのだ。お前は、ひとかどの人物になれるものを持っておるような気がする」

と、修行僧は言った。

そんなことよりも、この修行僧と自分との関係がこのまま消えそうなのが、阿南には気がかりなのだ。

「これからどこへ行くの？」

「わからん」

「何でもわからないんだ」

少年が不満をもらすと、

「そうだ。一寸先は闇。あとのことは謎みたいなものよ。誰にもわからん。ではな」

背を阿南に向けた。

いつものような大様《おおよう》さが失われている。

来る時は履物を履いていたのに、帰りはヤケクソみたいに裸足だ。

去って行く後ろ姿が彼に似合わぬ格好に見え、わびしさのなかに、阿南にはおかしさが吹き出した。

若者らしい夢のかけらを大樹の木蔭に残したまま、人品いやしからぬ修行僧は、何がはいっているのか大きな頭陀袋を肩にかけ、その場から去って行った。

阿南は翌日も大樹の前に来てみたが彼の姿はなく、三日たっても十日過ぎても、かの修行僧は現われなかった。

時折、阿南は大樹にふれながら、一人かの僧のことを想った。そして、少年らしい感傷にふけったりした。

あの魅惑的に縮れている髪の毛と、なぜか自分らの皮膚の色より少し白みがかっているのが、阿南から離れないのである。

めぐり合わせとでも言うのであろうか。これから釈迦と阿南の師弟関係に移ってゆくのであるが、後年になって阿南の脳裏を支配したのは、大樹の下で坐禅を組んでいる若き御師《おんし》・釈迦の姿である。

それから十数年後の阿南はこう考えている。

ついに悟りを開いたかどうかは、いかに知者傑物《けつぶつ》といえども三十にもならぬ年齢で果たせるものか、どうか。疑問にも思えるのだが、ままよ、果たせたとして、菩提樹の名をつけることにした。そのほうが仏教発展のためにもなる、と認識したからであろう。

菩提とは、ひと口に言って「悟り」のことで、インド文章語、つまりサンスクリット（梵語《ぼんご》）ではｂｏｄｈｉである。だから、悟りを開いたかどうかは正直なところ不明ながら、「ボダイ」を入れ、「菩提樹」の名がふさわしい。

御師釈迦がここで悟りを開いたと伝えるのも悪くはない。――これは後のち、大樹の前で佇《たたず》む阿南のつぶやきである。

さて、若い修行僧が見えなくなって半月以上も経過したある日のこと。身の丈ほどの杖をつき、白い頭巾をかぶり立派な髯をはやした老人が、二人の僧を従えて牧場の脇を通りかかった。

ちょうど作業をしていた父と兄は、ひと目この一行を見かけるなり、急ぎ牧場を出て平伏し両の掌を合わせた。

この様子を見てびっくりした阿南は、あとで父から聞いて知ったのだが、この老人こそ舎利弗《シャリホツ》と言って、バラモン教の祭式を司《つかさど》る偉い人なのだそうである。

そう聞けば風体からして偉そうに見えるけれど、どう偉いのか、阿南には漠然としたものだった。

これも後年になり阿南がまとめた知識であるが、阿南の祖父あたりの代に、はるか西方より白い皮膚のアーリヤ人が侵攻してきて、北インド地方を一手に治めていった。言語をはじめ文化的にも各種族へ浸透させ、ヒマラヤの南麓を流れるローヒニー川のほとりあたりを都にしていた釈迦族《シャーキャー》とて同じ運命にあって、ついにはアーリヤ人軍の長官が釈迦族の王となった。これが仏教祖・釈迦の父親なのである。

それにつけてもアーリヤ人とはどの辺の出自なのか。おかしなことに後世まで伝えられているそんな人種など、実は地球のどこにもいない。

アーリヤとはサンスクリット語で「尊い」という意味だから、被征服者が文化的に相当へだたりがある彼らを恐れ敬って、「尊い人」アーリヤ人と称したのであろう。つまり正確な名称ではないのかもしれない。

とにかく山越え河を渡って東北の陸地を征服したのだろうが、本国はイランあたりの人種なのだろうか。アーリヤ人種の優れた政治力は、インド住民の土着した神神を取り入れたバラモン教の活用であろう。

バラモン教は西の征服者と一緒にはいってきたのである。仏教の始祖たる釈迦とても初めのころはバラモン教の影響を受けている。

それがなぜ仏教になったのか。

修行だからといって火の上を渡ったり、極限の苦痛に耐えたりして己が肉体をいじめる行動に疑問を持ったのである。これが人間の救済とどう結びつくのか。

だんだんと不審を持つようになり、哲学的にも相容れぬものが出てきたのかもしれない。しかして釈迦はバラモン教を捨てた。

どう、もがいたところで、この広大無辺な宇宙から見れば、百年たらずで消えてしまう人間などはかないものであるし、苦楽ともすべて空《くう》に等しい。とはいえ、こうして短い人生に身分の高低を問わず、あたふたと生きている人間の生活にも差がありすぎる。哀れである。ここに釈迦は人間の救済を求めたのであろう。

釈迦の母、王妃・摩耶《マーヤー》が、巨大な白い象が右脇腹からはいった夢を見てのち、釈迦を懐妊したという風聞も歴史の真実を物語っているようでおもしろい。なぜならば、新しい釈迦族の王は白人だからである。

話は前に戻るが、阿南の両親は、この尊い霊験者《れいけんしゃ》たちに一晩でも泊まってもらうことを名誉と心得ているらしく、偉そうな老人に懇願するようにして、宿泊してもらうことにした。

その日は目が回るような大騒ぎで、父は口のなかで「ご利益ご利益」などと呟きながら忙しそうにしていたが、夕食時に舎利弗老僧が語る事柄に阿南は耳をそばだてた。

「ふむ、それは残念じゃったのう。……あのお方は、容貌からして、そのほうらもうすうす感じておったかもしれんが、ただの修行僧ではない。……これからずっと北の方のな、一国の王子様なのじゃよ」

こう聞いた時、阿南どころか家族一同がびっくりしてしまった。

「わしゃ、一度、男盛りのころにのう、あの古い館《やかた》を打ち壊して新しい宮殿を建てた際に、祭式に出向き、火を焚《た》いたことがあった。思いおこせば、あのお方はまだ童《わらべ》であったな」

と言って、老霊験者は目尻に皺をよせた。

「いまでは立派に成人され、いや、見違えてしまったよ。いつぞや、ガンジス河が大きく分かれるサールナートでな、偶然にも説教しているのを聞き、会って話をしてみると王子様ではないか。驚ろいたなぁ、立派に成長されて、涙が出たよ」

さらにつけくわえて言う。

「それに説教の内容がすばらしい。人間の疑問にわかりやすく応えてくれている。いや、王子様の血はただものではない。天才だ。わしも含めてじゃが、人間というものは人を導く立場にいても、どこか自分優先の邪心があるものだ。それを隠そうとする。他人には見せない。いわゆる誤魔化しだ。あの方にはそれがない。本物だ」

語句に力を入れると、口をもぐもぐさせ、

「ここでこんなことを言うのもなんじゃが、バラモン教の身分制度や支配権などもこの辺で衆生とともに考えなければならんと思うのじゃが……。わしなんかも何をしておったのか、積極的に衆生を救うことはしていなかったのではあるまいか。と、思うておる。つまり衆生の前で反省しておるのじゃよ」

老僧はさらに言った。

「とにかく、わしなどはこの年をして、あのお方の弟子にしていただこうと探し回っておったところよ。ところが、この辺で、あのお方らしい沙門《さもん》を見たと耳にしたので来てみたのじゃが。少し遅かったらしいな」

「そんなに偉いお方でしたら引きとめておきましたものを」

いかにも残念そうに阿南の父が鼻脇に皺をよせ首を振るのだった。

そんな父の傍らで阿南は、一週間前に嫁いだ姉が聞いたらどんなに驚くだろうと思った。

普通だったら、あの修行僧は自分たちの身分では近寄れない尊いお人なのだ。それなのに偉ぶりもせず優しく接してくれたのだから、姉が聞いたら驚くどころか、どんなにか恥ずかしがるだろうか。

この雰囲気のなかで父と兄の胸のうちで何かが芽生えはじめていた。無論、そのころの阿南には知るよしもないが、父と兄の意識のなかに、普段では思いもよらぬ〈権威〉というものが似合わぬながらも動きだしたのである。うまくいけば、地上で一番の牧場主になれるかもしれない。有名なバラモン教僧が弟子になりたいというほどの、しかも王子という身分の沙門に阿南をつかせれば、末代までも家の誇りになると確信したのである。

翌日になると、これを聞きつけた里人が集まり、ありがたがって合掌し跪《ひざまず》く者まであった。そして、家族総出で霊験者一行を見送ったが、阿南にはそれほどの感慨はなかった。

なぜ、あの僧たちがありがたいのか、偉いのか訳がわからなかった。若い彼にはそうかもしれない。

ところがである。それから数日後、彼らの話題でもあった人品いやしからぬ、かの修行僧がまたも大樹の下で坐禅を組んでいるではないか。

阿南はびっくりした。そして興奮した。

目を輝かせて坐禅の前に立ち止まると、修行僧は薄目を開き、待っていたかのように微笑した。その内側には、何かにひかれ、何かを確認したいという俗人的な欲望が、本人には意識しないところでくすぶっていたのかもしれない。

「元気でいたか」

温かみのある最初の言葉である。

「うん」

こっくりした阿南は一歩近づくと、修行僧は阿南の掌をとった。先《せん》のころと変わってはいない。特別の人のようにも阿南には感じられない。父や兄の掌と違い柔らかく温かい感触であった。

「お家は変わったこともなく無事か」

「うん。……けれど、姉ちゃんお嫁に行ったよ」

正直なところ、阿南にはためらいがあった。

「そうか」

阿南の掌を握っていた温かいものが、ふいにゆるんだ。そして頷き、

「そうか。そりゃよかった。……めでたい」

そう言ってから、

「きっといい妻になれるよ、あの人だったら」

相変わらずやさしい眼差しであった。

この場面を一見して牧場一家は騒然となった。

家族そろって道端まで出て来ると、いままでに見せたことがない丁寧な態度で、困惑する修行僧を家のなかへ招じる、というよりも誘い入れ、これから何が始まるのかと阿南をあわてさせた。

「次男の阿南をぜひ弟子にしてやってもらいたい」

父と兄とが縋《すが》るのである。

ことによったら懇願とも言えるかもしれない。子どもとはいえ何の相談もなく不意なことなので、阿南はその言葉に動揺した。

さすがの修行僧もこれには困惑したようだった。

「ひと口に弟子と申しても容易《たやす》いものではなく、ご覧のように乞食同然で、出家などと格好いいことを言っても実は家出人なので、自分の利益にはならず、

不孝者の汚名をきせられるのが関の山でございます。何を好んで申されるかは存じませぬが、失礼ながら無謀ではないでしょうか」

そう修行僧から言われると、父はいつもの仏頂面《ぶっこうづら》をゆるめ、

「それはもう覚悟の上でございます。いまのうちに少しは苦労をさせないと当人のためにもなりません。あなた様のお弟子にしていただくだけで充分でございます」

そして、傍《かたわ》らの母や兄に同意を求めるようにすると、兄は頷き、母は伏目がちに掌を合わせるだけであった。

うまくいけば、家系の確立と同業の頭に立てるという賭けのような想いなどおくびにも出さずに、父は普段と違った愛想笑いばかり浮かべていた。

修行僧は困ったようであったが、そうかと言って、阿南との出会いは仏縁であるような気がしたのか、この縁を捨てがたかったのかもしれない。

「その方はどうなんだ?」

やさしく修行僧は阿南に問いかけた。

訊かれたところで、阿南はまだ即答する術《すべ》を持たなかったし、すべて幼くして、ただ、まごつくだけだった。

僧というものが普通の人たち、つまり俗人とは違い神に関した何か清潔な道を歩み求めているような気がするだけで、それ以上のことや人間的（社会的）な地位について深いことなど、阿南にはまだ漠然としたものであった。

横から父が、

「牧場のことは心配せんでもいいんだぞ。兄だっている。お前は修行をつんで、少しでも偉い人間になればそれでいいのだ。いつものようにボーッとしとらんで。いいか」

肉親だけに遠慮がない。

「ん。弟子になる」

と、阿南は言ったものの深い考えがあるはずもなかった。

しかしながら、心の隅では少年らしく生活の変化を期待したのかもしれない。

父はにっこりして、

「当人も覚悟を決めたようですので、何とぞよろしくお願い申し上げます」

母も兄も緊張と感慨で身を震わすようにして、それにならった。

実際のところ、これは父の賭けなのかもしれないのだ。つまり、一家の運命をゆだねたといってもいい。

やがて修行僧は、落ち着いた態度で一つの案を出した。

「では、こうしたらどうでしょう。……大切なご子息をお預かりするのですから、こちらとしても責任があります。といって、正直なところ先のことは何が待ち受けているかわかりません。……ただ、言えることは、日日が辛いことの連続です。何にしても乞食生活の真似ごとですから」

甘い言葉などはなくつづけられた。

「まだ年も若いし厳しいことはあまり申しません。自分の思うように自由にしてもいいことにしましょう。家に帰りたければ、いつでも帰ってよろしい。日常の生活は相当、苦しく辛いことばかりが重なるかもしれませんが、そこは覚悟してもらわないとね。馬鹿馬鹿しいかもしれませんよ」

父は傍の阿南を顎でしゃくり、

「こいつはあまり利口なほうではありませんが、生まれつき芯が強い奴で。もっとも小さいうちから水運びをやらせておりますし、そんじょそこいらのことでは音をあげねえと思いますよ」

片方では誇りがましく、よろしく使ってくれと合掌するのである。そして思いついたように、

「つい先日、バラモン教の舎利弗様というお方が弟子を連れて通りかかり、お願いして一泊してもらった折、あなた様の話が出ましてね。何でもあなた様を捜しておいでのご様子でした。へえ」

と聞いた時、阿南弟子入りの件は舎利弗から何か聞いたのがきっかけかもしれない、と修行僧の釈迦は察知しながら、軽く頷いてみせただけだった。

阿南のほうは無邪気なもので、翌日になると己の生き方を決定する場合だというのに、母が寝ずに編んでくれた履物を足にして喜んでいる。

のんきなもので、これも性格というものだろうが、すべてののんびりとしたこの地方の人種的な色合いなのかもしれない。

いよいよ阿南の出発の日がきた。否、これはただの出発ではなくして、〈門出〉という表現がふさわしいかもしれない。

歳のわりに芯が強いというのか、持って生まれた性格なのだろうが、こんな時でもメソメソしたところはなく、野遊びでも行くかのように、しばらく手入れもしていない髪の毛を兄に短く切ってもらい、身を弾ませながらボロ切れで作った母の愛情こもった履物を宝のように気にするのだった。

仏教祖の弟子らしく、初めて無地物の衣装を母から着せられたのがうれしかった。女は別として、農民や下層階級の人はたいてい上半身は裸か、それに近い服装が普通なのに、頭には日よけに白い布をかぶり、阿南は生まれて初めて片肌ぬぎのしゃれ者となった。

家を出る時に兄が耳打ちしてくれたように、指導者であるこの仏教祖を「御師《おんし》」と呼ぶことにした。

しかし、そう呼ぶことさえ恥しくモジモジしたが、なりの変わった阿南を御師は微笑の眼でなでながら「汚すなよ、せっかくの衣装だ」と言った。

道中でやることなすこと目にはいること、みんな珍しかった。

世界が変わってしまった感じである。それだけに阿南にはおもしろ味があった。

ただ、初めての経験ながら、ひもじい時にはまいった。これも修行のうちだと御師に言われても食い盛りだけにたまらなかった。

御師の釈迦はこの様子を眺めると苦笑するだけだった。

それゆえの托鉢《たくはつ》なのである。

托鉢は食事の余りものをもらって歩くのであるが、御師・釈迦の容器は珍しい金物でしっかりした器《うつわ》であったが、後年、知ったことであるけれど、托鉢には木の葉とか思い思いの器があったらしい。人によって違う。

初めのうちは棄てるような食べ残しなど喉を通らなかったが、少したつと托鉢も慣れてきた。

今日もその翌日もほとんど野宿だったが、御師はこんな生活をしていたのか、と不審に思ったりした。

樹木や草むらを世界にしている昆虫なども仲間のような気がするとともに、昼間の暑さにくらべ、野宿もすがすがしくて阿南は気に入っている。あかの他人を無報酬で泊めてくれる家などそうあるものではない。経済的にしっかりしていて、心に余裕のある家でないと。

しかし阿南の師である釈迦は、行く道道で病いに困っている人がいれば腕首の脈をはかり、病症をみさだめてから行なう。お家伝来の経絡《けいらく》指圧をやったり、阿南が担《かつ》いでいる頭陀袋から乾燥した薬草をとりだして土器に入れ煮立て、その汁を病人に飲ませ苦しみを救うばかりでなく、衆生からさまざまな問題を聞いてやり、解決方法を一緒になって探してやったりした。何の報酬も受けずに。

阿南が釈迦に対しての感動と尊敬はこの辺りからだったにちがいない。

それだけではなく、阿南が知った薬みたいなものに、お家に伝わる秘薬とかいうやつがある。釈迦の説明によると、秘薬とされている丸薬《がんやく》「毒消し」のことであって、苦くも辛くもなく飲みやすい丸薬で、これを二粒も飲めば食当たりなどすぐに解決してしまうという結構な妙薬。托鉢で身体を保護するのに阿南には神様仏様であり、必ずこの妙薬を御師から頂戴して飲むことにしている。

世のなかにはこんなにすばらしいお人がいるのだと思うと、片田舎の狭い牧場だけしか知らぬ阿南には、快さがわいてきてしょうがなかった。そして自分はなんて幸福者だろうと思ったりした。

この間、御師が頭陀袋に放り込んだ革みたいなものでできたステキな履物が、阿南の目の前で躍動する。自分もああいうものを履いてみたい。

御師が人間の生きる道を説《と》いていると、頷きながら熱心に聞いている者もいれば、わかったのかわからないのか、ポカーンと口を開けたままの者もいる。

説教の最後に御師釈迦はこう言う。

「身にあまることがあれば、これより西方に向かい南無阿弥陀仏と唱《とな》えなさい。苦労があれば仏様で一番偉い阿弥陀様が引き受けてくださいます。ひたすら阿弥陀様におすがりなさい。西の彼方《かなた》ですよ」

このような時、阿南は自分でも考えられぬほど素直になれて、衆生にまじり西の方向に掌を合わせ両目を閉じて、口のなかで「南無阿弥陀仏」と唱えるのであった。だからといって何も返ってくるものはないけれど、何となく心が洗われるような気がするのである。なんだかわからないけれど。

このようなことが何日もつづきながらひたすら歩いた。

どこをどう歩いたのか阿南は気にしないが、ただ御師の釈迦について行くだけである。

この時点では阿南の心はまだ仏教徒になってはいない。

ほうぼう寄り道をしたので何日かかったのか、そのうちに遠くかすかに山脈が見えてきた。

方角にして北へ向かって来たにちがいなかった。

(御師はいったいどこへ行こうとしているのだろう?)

不思議に思いながらも阿南は「ああ、修行なんだ。修行だからどこでもいいんだ」と、少年らしくたやすく結論づけた。

すると、何だか足が軽くなったみたいで不思議だった。股《もも》をたたき歩きながら元気なところを御師に示すと、釈迦は笑いながら、

「お前は思ったよりも強いな。これも仏様のご利益かもしれんぞ」

と、言った。
（ほんとかな？　ふーん）
またも阿南は、純粋な目をまたたいた。

2話　蜜愛

「遠くに見える山はヒマラヤと言うてな、世界で一番大きく高いのだぞ。遠くて高くて人間にはめったに近づけん」

はるか北方に裾をひく山脈に目をやり、御師釈迦は言った。

あんな遠いところが見えるのも何だか神秘的だし、裾を長くひいたあんな美しい山がこの世にあるなんて、阿南には不思議な気がした。

人間など住んでいそうもない、こんもりとした森が向こうの方に見え、そんな森の間からきれいな川が流れていて、その川に師弟は駆け寄り、しばし清流に顔をしたし、ひと息いれてから、まるで馴染みのように御師釈迦は勢いづき立ち上がると、足も速くなり、ほどなく見たこともない異なった世界というか明るい環境の〈都〉へはいって来たのには、阿南は目を見張った。

「どうだ、驚いたか」

御師の言葉を待たずとも愉快になった阿南は、笑いがこぼれてきて、

「にぎやかだ。人がたくさんいる」

　田舎者らしく辺りを見まわすと、

「この街なりに発展しているがね」

　若い仏教祖は悟ったように頷いてみせた。

　少年の阿南には街が発展しようとしまいと、どうでもいいことであった。しかし、田舎者の阿南には珍しい光景ではある。

　道端に各種物産の交換所がにぎわい、見たこともない品物が取引されていた。どこか遠い国から運ばれたのだろうか、布地やら果物やら多種多彩で豊富といったらない。あるところでは人がわいわいしゃべくりあっている。と、いって、ここは極楽でもないことは貧しそうな大人や子どもを見かけたことでもわかる。汚らしい子どもが食べ物を奪いあいしていた。

　あれは何だ?

　そんな阿南の気持を察したのか、

「どうにかしてやらなければいかんな。ここのまつりごとも未熟だが、まだまだこの身の力が足らん」

　そう洩らす釈迦の言葉に阿南はこっくりした。そして、

(これから、あの子どもたちを助けてやるのだ)

少年らしい正義感がうずいた。

それにつけても今日の御師釈迦はどこへ行こうとしているのだろうか。阿南の頭のなかは辻説教と托鉢と野宿、それに単独対話、病人の手当てなどが右往左往するだけだ。

少し行くと田舎じみたところに出くわし、稲作をしている水田もあって、二頭の牛に犂《すき》を曳かせているのが珍しかった。

「ここは米どころなんだよ」

御師釈迦が言った。

阿南は無言だったが、

(じゃ、食べ物には困らないんだ。なのに、あんな……。どうしてだろう)

さっき、子どもたちが食べ物を奪い合っていた場面を思い浮かべた。

(ここの王様ってどんな人なんだろう?)

そんなことを歩きながら阿南は考えた。

ふと気がつくと、向こうの高台に白亜の宮殿みたいな建物が見えるではないか。

「へー」

話に聞いたことはあるが、阿南には夢のような初めて目にする建造物であった。

ところが、おかしなことに、急に無口になった御師の足が速まる。

ここまで来て、なぜ御師が急ぎ足になったのか阿南にはわかるはずもない。勾配《こうばい》をさっさと登ってゆく仏教祖釈迦。阿南はあとにつづくだけだ。

驚くべし。立派な宮殿が目の前に迫ってくるではないか。

(もしかしたら?)

阿南は半分、口を開けたまま、くしゃみをしそうな顔つきになった。

着いたところは威圧されそうな宮殿の大門前で、釈迦の足はそこで止まった。

我われを認めたのであろうか、一人の番士が肩をいからせてやって来たが、釈迦がひと言ふた言なにかをしゃべると、番士は急に弱腰になり、引き込み、かわりに偉そうな武官が出て来て、ていねいに招じ入れてくれた。

阿南にとっては御師である釈迦が身分違いの人とは聞いていたが、あんな偉そうな武官に頭を下げさせるほどの凄い人とは思わなかったし、振り返って毎日のことを考えると、頭のなかがごっちゃになって訳がわからなくなったままで、ただ、あとからついて行くよりしかたがなかった。

美しい庭から街の風景が見渡せる長廊下を渡り、武官に案内された部屋に着いた。どれもこれも阿南には見たこともない斬新な造りに、胸がドキドキした。

部屋では何か会議みたいなものを開いていたらしく、全身を絹のような衣でまとい、顎髯の生えた鼻の高い、髪は御師と同じく縮れっ毛で、白面老人を中心にした七、八人の武官らしい偉そうな人たちが、身なりのいやしい二人の闖入者《ちんにゅうしゃ》に注目したので、阿南は御師のうしろに隠れるようにした。

「王子様です」

案内してくれた武官が言うと、偉そうな武官らはいっせいに威儀を正して礼をした。

「ただいま、戻りました」

行儀よく釈迦が、一番偉そうな顎髯白面で御師釈迦に似た縮れ毛の老人に言うと、

「今回は長かったではないか。どこをうろついておった?」

そして、眉をひそめ、

「何だ、その形《なり》をして」

この人物が御師の父親だと阿南には予想がついた。

老人とはいえ矍鑠《かくしゃく》としていて、しばらくぶりで会う一人息子の非礼を他人の手前、眉をしかめ、形ばかりの小言を言ってから相好をくずした。

「新規に加入したおぬしらにも一度、会わせておいたほうがいいと思うてな。この通りできのあまりよくない息子だが、ま、見知りおいてくれ。力になってもらいたい。えっへえ、この形《なり》がな、こやつの道楽なんだ、ハッハハ。人助けなどとぬかしおって、時どき消えていなくなるのだが、飽きてしまうのかどうか知らんが、こうして時どき戻って来る。ま、人間、一つや二つの道楽を持ってもいい」

さらにつづけた。

「宮殿を出て世のなかを見て回るのも、ゆくゆくは国を治めるのに役立つと思うて、わしはこんな馬鹿げたことでも許しておるのよ。世間を見る眼の鍛錬になると思うて」

言葉にへんな訛《なま》りはあったが、釈迦のかげに隠れるようにしている阿南に視線を送った。

「何だ、その汚い童は」

阿南は身がぞくっとして、きつく目をつむった。

「弟子です」

臆することもなく御師釈迦は応えてくれた。

「ほう、弟子か。弟子とは驚いたな。せいぜい使いぱしりって奴か。その方とは似合いだ、ハッハ。若いだけあって躾けるには有望ではないか」

王様は笑った。

それに合わせて笑いかけ、釈迦の目に合うとバツが悪そうに引き込めた武官もいた。

頃をみはからって釈迦は阿南を連れて、その場を辞した。

「ああ、助かった」

阿南は再び生きた心持ちがした。

こんな立派な宮殿より野原の方がよっぽど気楽だと阿南は思った。

庭を出て御師釈迦の私室だというそこは廊下や次の間がついた清清しい部屋で、見たこともない調度品で飾られ、涼しげな織物で囲まれていた。

どこもかしこも阿南には目を見張るところばかりであった。もしかしたら、極楽へ来ているのではないか、と錯覚しそうにさえなる。

王子妃に対面して阿南は身がほぐれた。

（この方が御師の妃《おおおお》なのか！）

正直なところ、面くらがった気持ながら、美しいお声の優しいお方であるのには、大きな感動であった。

「十三歳では私の弟だわ。いい子ね、賢そうで」

両手のなかに眠っている嬰児《みどりご》に微笑みを向け、

「羅睺羅《ラゴラ》に、いいお兄様ができてめでたいわ」

優しい母親の表情であった。

この時、阿南の気のせいかもしれないが、妃は身体が弱い人のように感じられた。

多く見てきた百姓の女性との対比かもしれないが、しなやかな印象がそう思わせたのかもしれない。いずれにせよ、頑強な体つきでないのが阿南には気にかかった。

抱かれている嬰児の成長を想像すると、あれやこれやの空想がぶつかって、阿南は楽しくなる。

入浴でもしていたのだろうか、着替えをしてさっぱりした御師釈迦がはいって来た。何だか違う人みたいだ。

「その方《ほう》も身体を流してくるといい。用意させてあるから。女官が案内してくれる」

装飾された布の向こうに若い女官が控えていた。

さっそく阿南は女官にしたがって浴槽に連れてこられてびっくりしたのは、ピカピカに磨かれた金属の湯船である。

ここで係が替わり、遠慮ぶかそうに女官に訊いてみると、湯船は何でもギン（銀）とかいう宝石に匹敵するぐらいの金物だそうで、阿南は湯船へはいるのにおじけづいた。

目を伏せたままの女官は何かひと言ふた言わけのわからないことを言い残すと、頭を下げて出て行ってしまった。

（驚いたな、へーえ）

感心することばかりである。

湯加減はちょうどいいし、銀の湯船の感触は格別だ。つるつるしていて、未だかつてこんなに気持のいい湯につかったことなどない。たいていは水浴なのだ。阿南にとってまさに極楽であり、これは阿弥陀如来の懐《ふところ》かもしれない。

それにつけても、宮殿内に井戸の設備をしてあるとは、アーリヤ人種の進歩した頭にいまさらながら阿南は感心する。

水が近くになかったら、こんな湯の贅沢にもお目にかかれないことなのだ。大満足で阿南は湯から出た。

あたえられた部屋に戻って来ると、すでに灯がともされていて、御師の釈迦がはしゃいでいる嬰児を抱いて阿南を待っていた。

「どうだ、ここの湯は」

かつて見たこともない柔らかな御師の表情であった。

「とてもよかったです」

と、応えると、

「しばらくはここにいるつもりだが、また出家に戻るから心の準備だけはしておくぞ。すべて鈍らせないようにな。いま食事がくるから待て」

と言いながら、抱いた嬰児に頬ずりをし、窓から夜空を仰いでいる。これはどこにでもいる父親の姿であった。

今宵は満月である。

片言で何かをしゃべっている我が児《こ》の頬に口を寄せる仏教祖御師の釈迦に、

このような家族や、ましてこんなかわいい嬰児までいようとは、阿南にとって不思議なぐらいであった。
と同時に、この世のなかは思いもよらぬことばかり起きるのが当り前なのだろうか、と思ったりもした。
この世の境みたいに裾をひいていた山襞《やまひだ》も日が暮れると高台の窓から見えなくなったが、その山から吹いて来るのかどうか、昼の暑さを和らげてくれている微風が心地よい。
片言で何かをしゃべっている嬰児の頬に口を寄せ、仏教という大志を抱く男は、優しく柔らかく童唄《わらべうた》を口ずさむのであった。
♯お月さま　こんばんは
♯お星さま　キイラキラ
♯お手手つないで　輪になって
♯みんな仲よく　遊びましょう
（へー、御師は唄うんだ）
阿南は何だか妙な気がした。
（童唄・・・・？　歌なんか唄わない人かと思ってた）

かわいくてしょうがないといったふうに、普段、父親らしからぬ父親は、嬰児に頬ずりをした。

このあいだ、阿南の家で歓待を受けた舎利弗老人が絶賛していた如来様ではなく、どこにでもいる普通の父親なのだ。

「ゆっくり休んで、英気を養っておくのだぞ。それでどうだった。湯は気持よかったか」

また聞かれた。

「はい」

「いま、食事がくるだろうから。托鉢のとはちょっと味が違うかもしれんぞ」

愉快そうな笑いを残して、嬰児を抱いたまま御師釈迦は、部屋から去って行った。

やがて女官の手によって夕食が運ばれた。

いい香り。いままで口にしたことがない贅沢な食事で、見たことも食べたこともない果物なんかもついていて、阿南は夢中で食べた。もっと食べたかったけれど女官のてまえ遠慮した。

食事が終ると、これも初めて見るもので、それどころか、手に触れたこともない寝台に寝っ転がって天井を見上げているうちに、阿南は自然と童唄を口ずさんでいた。

お月さま　こんばんは
お星さま　キイラキラ

寝台上で仰向いたまま、薄暗い部屋に浮かぶ天才闘士の面影を、阿南は尊敬と憧憬の眼差しで眺めていた。

しかし、こうしているより野宿の方が楽な気もしてきて、なかなか眠れない。眠れないどころか、むしろ目が冴えてきてどうしようもなかった。

(我が家ではもうみんな寝ただろうか。嫁に行った姉ちゃんに聞かせたら驚くだろうな)

いつの間にか、阿南は長廊下に出て夜の快い空気を吸っていた。

空には丸い月が輝き、星が降るように瞬《またた》いている。

何となく腕を振りながら来るともなしに阿南は、昼間に紹介された御師夫妻の部屋入口に着くと、甘い香りが漂って足を止まらせた。

(何だろう、これは?)

鼻をクンクンさせながら、いつの間にか部屋の入口にはいっていた。

（わかった！）

これは蜂蜜の匂いだ。蜂蜜ならば知っている。

はなはだ行儀は悪いが甘美な香りにひきづられ、扉がわりになっている涼しげな布を分け入ると、美しい風景を刺繍した衝立《ついたて》に阿南はかじりついた。

それは、ただならぬ光景を見たからだった。

部屋のなかは灯りがとぼされていて、薄暗いなかで立ったままの男と女がまっ裸で抱き合っているではないか。

ひと目見て震えるような、あまりの情景に阿南はひっくりかえりそうになったが、衝立にからくも支えられた。

波のような女の呼吸――。

あれは間違いなく王子妃であるのに阿南は二度びっくり。

握った王子妃の乳房に武者ぶりつくようにして吸う男は、御師釈迦なのには心臓が止まったかと阿南自身あやぶまれた。

まこと、目まいがした。

乳首から下へ下へしゃぶりまくられると、かの美しい王子妃は別人のように乱れ、

「王子さまー」

いまにも絶え入るような声を発すると、寝台へ仰向けに倒れた。その妃の股の間に御師釈迦は顔を没入させ、はげしく吸い込むような音をさせた。

「あ、あー」

妃の声は何を口走っているのか、死ぬかとばかり最高潮に達し、しばし男女の荒い呼吸の連続とともに何事を発しているのか、乱れ狂った女の声もやがて——すべてが終わった。

あとは、御師のねぎらいの声だけが、あの説教の時のように優しかった。

衝立の陰では阿南が汗びっしょりの体《てい》たらく。

若い夫婦は抱き合ったままで、あとは静寂がじっとりと占め、部屋の灯火が揺れているだけだった。

あの蜂蜜の匂いは、しばらくぶりで帰殿した夫を迎える妃が、全身に塗って真情を表わしたのだろう、と阿南は鋭い勘で推察しながら酔ったように庭に出たが、どうして人間はこうも変わるものなのか、またも不思議が増えてきたのには困惑した。

庭に出るといままでの熱気がさえぎられ、空気がうまかった。それにつけても、あの優しい妃が洩らした声は〈悲鳴〉なのか、それとも〈悦楽〉なのか、ということになる。

人びとを諭《さと》す御師の行動は〈非道〉とは言わないまでも、もしかして、あれは〈愛撫〉だったのか。阿南にしては真剣な問題であった。

それにしても、ほかにもっと品のいい愛情表現はなかったのだろうかなどと、まじめに首をひねったりした。

すると、何か、もそもそっと暗闇のなかに白いものが動いた。

立ち止まり阿南がよく見ると、浮かび現われたのは、昼間拝謁《はいえつ》した王様ではないか。

「何だ、お前か。いまごろどうした。こんなところで?」

普通の人のような調子で王様は口をきいた。

「は……」

胸をどきつかせ、怖れ多い上目づかいで阿南が見ると、王様もバツの悪そうな表情をして髯をなでている。

「童は早く寝たほうがいい。夜、こんなところで身体に毒だ」

「はい」

消え入りそうに阿南は一礼すると、そそくさと逃げるように与えられた寝所へ急いだ。

しかしなぜ、王様はいまどき御師夫妻の部屋近くに現われたのだろう。それを考えると御師夫妻の行動と重なって、阿南は眠れなかった。

ひょっとして王様は、御師と妃の行為を覗きに来たのではあるまいか。

(そうだ)横になったまま阿南は王様が嫌いになってきた。

そのうち、うとうととしたかと思うと、夜が明けていた。

目ざめてみると、御師夫妻はどんな顔をしているのかと、恥しいような半ばいたずら気分で勇気をおこし、ソーッと釈迦夫妻の部屋へ朝のあいさつに来てみると、夕べの姿態はどこへやら、同一人物とは思えぬほど清清しい笑顔で王子妃は迎えてくれた。

「よく眠れましたか」

これに対し「はい」と返事するより阿南にはしかたがなかった。

「こういうところでも気を使ってはだめよ。ゆっくりしてくださいね」

(何と優しい人なんだろう)

正視できぬほど阿南には目の前の人がまぶしかった。

この人が昨夜、消え入りそうな食いつきそうな声を出したお人なのか、との意識が交差した。

「王子様は羅睺羅《ラゴラ》を抱いてその辺を散歩しているでしょ、きっと」

「は……」

ぴょこんと頭を下げただけで阿南はその場を離れた。

御師釈迦と生活をともにしていくうちに、何だか不思議なことばかりが増える気がしてならない。それがまた成長期の阿南には不思議なのである。

それから十数日がたって、少年ながら労働者出身の阿南にとって、宮殿生活にも飽きがきたころ、贅沢を吹き飛ばすようなできごとが勃発した。

驚くなかれ、あの美しい王子妃の急死である。

宮殿内では天地がひっくり返ったような衝撃だった。

あまたの女官の泣声のなかで、さすがの仏教祖釈迦も茫然とするのみで悲嘆に暮れた。阿南は御師の顔を見るのも口をきくのも気の毒で、遠慮するしかなかった。

そんな若い弟子をむしろいたわるように釈迦は、彼の肩に掌をおき、かえって慰めるのだった。しかし、掌のぬくもりのうちには悲しみがいっぱいなのだろうと、阿南は推察するのだった。

「妃は極楽に行かれたのだよ。……この世での重荷をおろし西の彼方で笑っているよ」

御師釈迦は遠い空に目をやりながら言った。

(どうして西の方なんだろう?)

阿南らしくそう思いながら御師の眼の方向を眺めた。

「西は阿弥陀様がいらっしゃる国で何の苦しみもない極楽なんだ。妃は阿弥陀様から迎えられたんだよ」

と、御師釈迦は言った。

(ここだって極楽じゃないか。こんな贅沢なところはない)

阿南は言いたかったが、

「西の極楽は遠いのですか」

わからぬことなので訊いてみると、

「それは遠いとも。……十万臆土というぐらいだ」

茫洋《ぼうよう》とした眼差しだった。

十万臆土とは、一生かかっても行きつけないだろう、そんな遠い国へどうし

て妃は行けるのか。阿南が考える間もなく、

「死ねば一瞬のうちに誰でも阿弥陀様のおられる極楽へ行けるのだよ」

「誰もですか？」

「人間、死んでしまえば差別なく平等なのさ。仏様がそうしてくれる」

「……？」

むずかしいことはわからないが、この場では阿南自身、頷けるような気分になれた。

気分になれたというのも阿南自身がまだ若かったのと、御師釈迦への信頼なのかもしれない。

いろいろな意味において重荷を背負っている釈迦個人にしても、いまここに重大な決断を迫られていたのである。この時、釈迦の年齢はほぼ三十歳。ゆくゆくはシャーキャー族の王として、この国を治めてゆく立場にありながら、釈迦は妃の死を契機に王の跡取りをきっぱりと拒否し、王の浄飯王《ジョボンノウ》を困惑絶望させたのである。

それでも王は許さなかったが、一見、優雅で弱弱しく見える王子の〈人間救済〉という決意宣言はあとへひかず、さらに、この世に生まれてきた意義につ

いて、とうとう己の意志を述べたのであった。

この情熱に王は意外らしかったが、何を青臭いことと思ったが、表向きはどうであれ政治《まつりごと》とは厳しいもの。王がいくら力んだところで、政治はすべて人間の欲望からきている。それではゆくゆく人間は不幸であるし、かならず全人類が滅びる時がくる。しかし、悲しいことに衆生はそれを意識していない、と訴えた。衆生の心の改革こそが必要だと解き、釈迦は宮殿を出ると断言した。

いままでのように出たり戻ったりする甘いものではなくして、意志を貫徹するために王子はなきものと思ってもらい、幼い羅睺羅についての養育をくれぐれも王に頼んだ。

王とてかわいい孫にちがいないのだから首を横に振ることはなかったが、言葉のやりとりのうちで、王の跡取りは羅睺羅になるようなふうに、そばで身を固くして聞いていた。しかし、むずかしい話の内容についての分析など、まだ年若い阿南にわかりようもなかった。

浄飯王は独りになると、

「威勢のいいことばかりほざいても、やがては戻って来るさ」

無理に冷笑はしてみたものの、己の考えに自信があるわけでもなく、その実、自身を慰めているにすぎず、不肖《ふしょう》な子を持ったにがにがしさだけが残るのだった。

王子妃の荘厳な埋葬をすませると師弟はさっそくの旅立ちだ。

阿南は母が編んでくれた履物を大切に頭陀袋のなかに入れ、今度は裸足で歩く。

道道、釈迦は立ち止まり宮殿をふり仰いだ。

いかなる心情なのか。きっと、かわいい嬰児のことを思っているのだ。阿南でもだいたいは察しがつく。

亡くなった、あの優しい王子妃が師弟を見送っているような気がする。そして、何ともやるせない複雑な別れなのだろう。——阿南とて足が重くなる。

考えようによっては寓話《ぐうわ》じみるが、人びとのために、わが身の修行のために行く先には人智の及ばぬものが待ち受けているだろうけれど、それを恐れていたら何もできない。

師弟とも気合いを入れてぶつかるだけである。

仏教祖として釈迦の経験豊富なところや再会者などもあってか、説教後に各所で年若い師弟を歓待してくれて、指圧や投薬を懇望される。それだけ現状は病人が多く困っているということなのだ。

御師釈迦の経絡《けいらく》指圧の実質的なところに感心していた阿南は、御師の釈迦に技術の教えを懇願したところ、釈迦は喜んで奥伝まで伝授してくれた。おかげで、人間の心体の不思議さまでわかった。

それぱかりでなく、少し落着いたら文字を教えてくれるというのだ。阿南の知っている人で文字など読み書きのできる者は一人もいない。

こりゃ、すごいことだと思った。

伝言など、何事においても口から口の写しであるものが、文字になったら詳しいことが伝えられる。

阿南にしてみても文字を見た記憶はあいまいなのだ。何かの時に、おそらく御師を知ってからの片鱗《へんりん》かもしれないのだ。文字などと言うものは。

「早く覚えたい」

阿南は目を輝かせた。

「サンスクリットと言ってな、少しむずかしいぞ」

と、釈迦が言った。

「むずかしくともいいです」

その表情がよほどかわいかったのだろう、釈迦は微笑とともに人差し指で彼の頬を軽く突いた。

「バラモン教の昔の経典なんかには書いたものが残っておる。いずれどこかで見つけたら見せてやる。その方が読み書きをできるようになったら、我われの仏教とは少し違うが参考になると思うよ」

「……」

まだ見ぬ楽しみが迫ってくるように阿南は目を輝かせ、白い歯を見せた。

「その方なら案外、早く覚えられるだろう」

「勉強します」

「お前がしゃべっている言葉も、実はほとんどサンスクリット語なんだ。これからの人間は、文字を書いたり読んだりして発達してゆくだろうよ。じきにはならなくともね」

「説教なんかも文字になるのかなぁ」

仏教少年の夢は果てしなくつづく。

3話　隆運

「運」というものはどこに潜んでいるのかわからないものだ。

人知でわかるものもあるけれど、ほとんどが一寸先は闇なのである。

才があろうがなかろうが、いい運に恵まれて花開く人もいれば、思いもよらぬ泥沼に沈む人もいる。

才能とか努力とかとは別のものが流れていて、開運に包まれた者は運がいいということになるのだろう。未知の人との出会いもその口である。阿南の故郷と目と鼻のラージギルの街で頭脳明晰と言われる目犍連《モクケンレン》老師とバラモン教の重鎮・舎利弗老師に偶然、出会った。

細かいことはぬきにして、これ天命とばかりに二人の老師は燃えて、釈迦を中心に説教大会が開かれたのである。もっとも老師二人の信者である有力者の応援があったのであるが、大盛況のうちに終了した。

仏教による新しい意識の展開。

つまり、ものの考え方、受け取り方の新しさについて衆生は面くらがり、そして感動したのである。

たとえば説教の一部分を言えば、この世に存在する形あるものはすべて仮の姿であって、本質は〈空《くう》〉であり不変なものではない。世のなかには永遠なるものなど一つとしてない。形あるものは必ず滅するのであるから、あくせくするでない。――という教えに眼を開かされた、という訳だ。このころなのである。舎利弗老師が百人ほどの弟子とともに釈迦の弟子になったのは。

目犍連老師も同じく弟子入りしたが、惜しくも老齢のため間もなく亡くなれてしまった。

思わぬ地で釈迦の名声が上がると仏教徒が増え、この国の有力者や長者が「竹林精舎」を寄付してくれたので、気勢が大いに上がったのである。つまり、長者の迦蘭陀《カランダ》が土地を頻婆娑羅《ブンバシャラ》王が建物を釈迦に献じて、仏教最初の僧院となったわけだ。

いかに気候が熱くとも、ひんやりとした大きな洞窟で、釈迦は説教をつづけるようになり、阿南は故郷が近くなって喜んだが、新しい弟子たちを連れて薬草とりや御師からの仕事で毎日が忙しいばかりでなく、身につけるべき勉強で寝る暇もないほどである。

それでも阿南は楽しかった。未来と仏教という目標があったからかもしれない。そして、たまには暇をもらって肉親の顔を見に行ったりもした。

やはり我が家はよかった。遠慮のない温かさがみなぎっていた。

極力、多忙をおさえて、年に一度は顔を出すようにした。会うたびに身体が大きくなっていく阿南に、家の者は目をみはった。

肉親が彼にかける期待は確固となっていくのである。なれど、そんな期待だけは、阿南にとって省いてもらいたいところなのだが。

釈迦と阿南師弟がラージギルへ来てからの六、七年はすごく早かった。

ガンジス河上流の分界部分に等しいラージギルの竹林精舎が、仏教の発祥地として栄えたのは、この地に足跡を残した舎利弗老師や目犍連老師の先鞭《せんべん》によるものが大であったろうが、あの涼しげな大洞窟で釈迦の説教を聞こうとする仏教徒の往来や、物の豊富な市場の流入で街は繁盛していった。

釈迦師弟が情熱をかたむけた仏教の盛隆に庶民は歓喜したものの、ここでその幸せをくつがえす事件が勃発した。

小さな国ではあるが、釈迦が育った宮殿が他の国に乗っ取られたというのである。これを聞いた時、反射的に釈迦の頭にうつったのは父の浄飯王《ジョボウンノウ》と嬰児・羅睺羅の安否であった。次に、己はこの場を動けないことを知ったのである。

——刺客の目だ。

うっかりできないのである。

いっとき、王家を離れたとはいえ出しゃばれば捕縛されるに決まっている。占領者は眼を光らせているにちがいないのだから。

しかし、いま自分がこうして無事でいられるのは、たとえ王子とて地位を棄て、宗教家として俗情から離脱しているとの観念が敵側にあったかもしれない。だから、他の国まで攻め入ってコトを大きくするのを控えたとも考えられる。

ただ納得できないのは、戦《いくさ》以前に羅睺羅は宮殿にいなかったらしいという情報であった。

(どうしたというのだろう?)

考えてもわかることではなかった。

そこで釈迦は阿南を呼び、北方地の戦乱をさぐらせることにした。

立派な青年に成人した阿南はさっそく商人に変装し、頭のきく若い沙門を三人ほど連れ釈迦の生誕地へ向かった。

やがて、彼らが戻って来ての報告によると、どうやら噂にのぼったような外敵との戦いではなく、実は内戦、つまり宮殿内の勢力争いが本当だったという。王の浄飯王はこの争いの影響かどうかハッキリしたことはわからないが、亡くなられていて、跡を継ぐべき幼少の羅睺羅は数年前に行方不明で、どうなったものやら前後の事情はつかめないのが実情であった。

羅睺羅はきっと忠義な武官か女官に救われて、どこかに無事でいるにちがいない。傷心の釈迦にはそう思うよりしかたがなかった。

こうなったら大っぴらに身動きはできない。我が子の無事を祈る南無阿弥陀仏さえ忘れかけた。釈迦とて人間である。やむを得まい。阿南の目の前で苦笑する。

「人間とは基本的に愚かなものよ。よく覚えておくとよい」

この言葉は愛弟子阿南の眼をとおして、表に出ていない真実を会得させようとしているのかもしれなかった。

「御師」

阿南が釈迦にたずねた。

半分は御師の苦悩を和らげる意味であり、半分は御師の言葉の疑問点である。

「わかったような、わからないことがあるのですが」

「ふむ。……何だ？」

「御師から梵語を教えてもらってからいろいろ謎めいたものが解けて、非常にありがたいと思っております。それで、ひとつ、ご無礼ながらお聞きしたいことがあります」

「うむ。何でも言ってごらん」

「御師は常常、嘘はいけないとおっしゃっております」

「そうだよ」

「この間、村落の病人にこんなものは放っておけば治ると申されました。それなのに時をへずして病人は死にました。なぜ治ると申されたのですか」

「あれはすでに治す手段がなかった。あの病いを治す薬草はまだ発見されておらんのだよ。一時的にもな、安楽な時を過ごさせることが病人にとって大切なことだった。極楽へ行けることだけを祈ってやるよりしかたがなかった」

「でも、治るとおっしゃったのは嘘にはちがいないと思いますが。そういうところが気になって」

「相変わらずお前はきついことを言うね。では、その方《ほう》ならどうする?」

「……いま、ちょっとわかりません」

「あの貧しい病人に、すでに治す手段はない。もう少し早ければ経絡治療という方法もあったかもしれない。あの病人を目の前にして、じきに死ぬだろうと言ってやるか?」

「……」

「むずかしい問題だ」

「しかし御師、我われ仏教徒は禁じられている嘘は嘘なのではないでしょうか」

「これは嘘の部類にはいらん」

「えっ?」

釈迦は軽く笑って、

「嘘ではなくチエ」

「チエ?」

「人間には知恵というものがある。それをいい方へ活用してこそ救いがあるのではないか」

そう言われてみると若い阿南にも合点がいった。

嘘か。知恵か。——結局のところ、問題は仏教の主題である〈人間救済〉なのである。

学問というものはありがたいもの。真実の姿を見せてくれる。

口癖になっている〈南無阿弥陀仏〉も釈迦の思いつきというのか、創作であることを阿南は悟るようになっていた。

当の釈迦でさえ見たこともない夢の国、先祖の発祥した方角（西方）に向かっての合掌は、阿南の知っているかぎり仏教の基本的なものとして身につけてはいる。

が、遠い西の国から部下を引き連れて米どころのルンビニー方面を占領した釈迦の父親、浄飯王の魂は生まれ故郷へ帰ったのだろうと思う。山を越え河を渡った遥かなるところを浄土《じょうど》と定め、阿弥陀仏に向かって掌を合わさせるのであろう。

また〈南無〉とは、すべておまかせいたしますのでどうかよろしく、との意であることは、サンスクリット語が読めるようになって阿南には理解できた。

浄土とは黄色の琥珀《こはく》、白光に輝く硨磲《しゃこ》、諸諸美妙なる光沢を光らす瑪瑙《めのう》などで合成された大地だと言う。——おそらく、これも創作だろう、と阿南には思うようになった。

阿南は釈迦から梵語《サンスクリット》を習ったおかげで人間的に学問的に眼が開かれたのであるが、御師とはいえ釈迦の創作力には驚かされてしまうのである。

〈阿弥陀〉は無量寿の意であり、あふれるようなめでたさを言うので、物体または仏体ではない。

そうなってくると、仏教は大衆の無知につけいったのか、と言われればそれまでのようだが、阿南も己の年齢が増してゆき、人間を見つめ、その正体から宗教というものと、あまた人間の実情を考えた時、〈南無阿弥陀仏〉なる短語は、適切な形容として納得するに及んだ。

大衆の苛酷な精神的実情を救うひとつの手段として、このような方法でも有益であることは認めざるを得なかったのかもしれない。

すなわち知恵だ。

たとえ効果があろうとなかろうと、誰にでもできる一時的な自己満足であろうが、ある時期には必要な場合があるからだ。

いつか御師釈迦が洩らした「人間とは愚かなものである」、それからの構想なのだとは思う。

縷縷《るる》として実情を説明したところで、むずかしいところは避けようとする。これが大方の人間なのだ。

人は考える。――大衆の上に支配者をおくべきか、どうかと。

支配者になろうとする者は己の利益のために眼を光らす。また、その支配者に従属する者が現われ、ことを複雑にしてしまう。

泣きをみるのはいつも弱者ばかりだ。

だから確固とした支配者（人間）ではなくして、空想上の神・仏を人間の頭へもってきて、人類を仏に帰依《きえ》させる。

生きる者すべて「自然」のなかに生かされているのは事実であり、そのなかに生きる人類平等の、この理論・構想をうちたてた釈迦に阿南はこよなく敬服の念を抱くのである。

簡単なようでいて、疑念が顔を出すところが、血の気の多い阿南にはおもしろくてならない。また逆に、大衆の真実を観ることができるから。

御師釈迦が常常、危惧しているところは〈欲〉のことである。〈欲〉が人間を滅ぼすと言うが、どう教育したところで人間から〈欲〉を除くのは不可能である。

〈欲〉にもいろいろあるが、それにしても大きすぎて、人間にとりかかれる問題ではない、と阿南は意識するが、さらに釈迦は言う。

「沙門のなかにも変な欲を出して己を高く売りつけたりして、人の上に立ち贅沢をしようとする者が現われれば世は闇になりかねない」

「まさか、仏教徒からはそんな者が出るとは考えられませんが」

これは阿南の抵抗かもしれない。

「わからんぞ。この先、何百年、何千年の後には仏教徒と言えども変わっていく可能性はある。……わずか百年たらずしか生きられぬ人間の愚かさが。たとえば、己の幸福しか考えずに害虫のように生きてゆくさまが、この身には観えるのだ」

「……」

こうなってくると阿南でなくとも恐ろしくなってくる。

しかし、否定したい若い阿南の気持は釈迦にはよく観えるのである。人間はそれぞれで、人間が生きてゆくかぎり。永遠のテーマは人間そのものにあると言ってもいい。

考え深い御師釈迦を阿南は誰よりも尊敬し、釈迦は阿南を弟子というより身近な舎弟のように慈しみ、書記（この言葉も作業もなかったであろうが）として常に側においた。そうされていることが阿南にとって幸せな人間修業であり、釈迦としては彼が側にいると心身ともに安まるのである。

時には阿南を連れて釈迦は近くの山や森に坐禅を組みにゆき、相変わらず呼吸法やら経絡指圧をやらせた。帰りには薬草とりだ。それを苦にする阿南ではなかった。すでに慣れっこになっていると言ってもいい。

月日のたつのは早いもので、竹林精舎を仏教の本拠として置いてから三十年が過ぎた。

その間に、この国にも明からさまにできないこともあった。

王子が悪者に騙されて王様を殺害した事件など、釈迦が尽力して立ち直らせ、泣いて王子は仏教に入信したことなど、まるで昨日のようだ。

七十歳という長命を越そうとする釈迦ではあるが、意欲に衰えは見せない。この辺で竹林精舎を有望な沙門にゆずり、次の修行段階にはいると言うのである。

なにせ釈迦の歳が歳なので仏弟子のなかには制止する者もいたが、釈迦はきかなかった。

結局のところ、竹林精舎は優秀な沙門その他にまかせることにして、男盛りをいくらか過ぎた阿南に例の薬草などのはいった頭陀袋をかつがせ、愛着に染めたラージギルの地をあとにすることにした。と言っても行方を定めたわけではない。これが釈迦流のやり方なのだ。

ふと、御師の釈迦が言った。

「阿南よ、実家へ立ち寄らんでもいいのか」

阿南が応えた。

「しばらく不沙汰をしておりますので……。もう、父と母もおりませんし」

この時、おもむろに瞑目した釈迦の口から「南無阿弥陀仏」が洩れた。

実家といったところで両親はとうの昔に他界してしまい、嫁をもらった兄が牧場を継ぎ、いまでは息子が主となって兄は隠居の身だ。歳も歳だが兄は覇気《はき》がなくなり、嫁と長男ががんばっていて、阿南が立ち寄っても母子は胡散《うさん》臭そうな態度をするだけなので、自然と足が遠のいてしまった。

牧場もあのころと変わっておらず、進歩は見られない。いまとなっては父の抱いていた夢などお笑い草で、牛の鳴き声だけが現実感にあふれている。

さて、竹林精舎をあとにする仏教祖・釈迦如来師弟の表だった歓送は厳しく避けた。

まだ星が暁天にまたたいているうちに釈迦と阿南の師弟は、過去と同じように旅立ったのである。

昼間とちがって、地面の温度がゆるやかなのが心地よい。ほどなく太陽が昇って来る。

人びとの生活が始まる。托鉢につづいて病人の介抱、そして説教など。いつもと同じことをやりながら、時には山にこもって瞑想坐禅を行なう。

そうしているうちに、いつのことだったか、舎利弗から聞いたことを釈迦は思い起こしたのである。

「一度、行かれるとよい。喜んでくださるにちがいない」

それは中インドのサヘート・マヘートというところにある王国で、そこの須菩提《シュボダイ》という商人をたずねなさい、きっといいことがあるでしょう。と言ってくれたのを思い出したのであった。

(そうだ。いまは亡き人になったが、あの経験豊かな舎利弗老人の言うことだから、その須菩提とやらに会ってどうなるのか、おもしろかろう)

どうやら釈迦の心に火がついたようだった。と言っても数十年前の話なので、現在はどうなのか？

とにかく行ってみよう。

阿南は促《うな》がされて頭陀袋をひっかつぎなおした。

これから行こうとするサヘート・マヘートは釈迦の故郷ルンビニーとはそう離れてはいないだけに、甘い空気への懐かしさが手伝ってか、年齢のわりに釈迦の足は軽やかだった。

しかし、故郷が近いといったところで故郷には昔の面影はないであろうし、支配者が変わっただけに、もとの王子としてひょんな事件に巻き込まれないとも限らない。こんな年齢になっているのだし、それにこちらは権力欲もないのだから論外だ。まさかの時は説教して聞かせてやるだけのことである。

釈迦の肚《はら》はゆるがない。

それにつけてもおかしなもので、ここでまた人知とは別な目に見えない〈運〉がかかってきたとも言える。釈迦はついていたのかもしれないのだ。

ほとんど仏として仰がれている教祖だから、特別ということもなかろうが、竹林精舎以来の開運が待っていたのである。

サヘート・マヘートは王国の首都だけに竹林精舎のラージギル以上に発展と

いうか、賑賑しい街であり、商人、須菩提の名を知らぬ者はいなかった。いわゆる有名人なのであって、初代は世を去り現在は二代目なのだ。

会ってみると阿南よりは十歳ほど上の年恰好で、眉に白いものが見える一種、風格を持った男で笑みを絶やさなかった。

この地で、まず釈迦が発した言葉は、

「私は仏教の教祖ではありますが、聖者ではございません」から始まっている。つまり、釈迦はカリスマ性が嫌いなのである。

話題は次第に説法調になり、側で聞いている阿南にとってはおなじみの〈人間と欲望〉が流れ、人間には欲にこだわる動物で執着・愛着を含め欲望がつきない。だから苦しむ。

この論法は阿南にしてみれば耳にタコである。しかし、バカにはできない真実性に阿南は御師の傍でまじめに頷いているが、須菩提としては大商人だけに多少の面喰らいがあったようである。

私欲との密接な関係を衝《つ》かれたからであろう。私心が強ければ欲のために戦さが起こる。戦さの果ては人間の不幸や滅亡があるだけである。だから知恵が必要となる。広く深くあればそれにこしたことはない。が、力の及ばぬところは仏にすがって助けを求めること、それから〈慈悲〉の問題に移ってゆく。この展開方法も釈迦の悟りの部類なのかもしれない。阿南はそう理解している。

どこでも同じように釈迦の説法はわかりやすく、大衆の質疑にもやさしく応えてくれるので、たちまち評判になり、やがて須菩提も釈迦に帰依して仏弟子になったのは後世まで知られている。

この須菩提と年の近い叔父にあたる須達《スダッ》長者が国の王様まで動かし、つまりコーサラ国舎衛城の南にあたる祇園《ぎおん》に、広大華麗なる僧坊を建ててくれた。これが世に言うところの「祇園精舎」である。

4話　煩悩

竹林精舎のあるラージギルは人通りも活発で意気盛んなところに見えたが、ここは、あそこを拡大したような賑賑しい街であった。

祇園精舎の鐘の音がかすかに街に響いていくと、その方向に向かって合掌する人びとさえ見られるようになった。妙《たえ》なる鐘の音は人びとの心を慰め、やさしく語りかけてくれる響きを持っている。そして、二、三年のうちに文化的聖域に輝く都といったふうに彩られていった。

数年のうちに精舎はまったく安定し、今日も釈迦如来の説法があるというので、仏道修行者や敬虔《けいけん》な信者によって埋められてゆく。やがて釈迦の説法が始まり、そして終わり、

「何か聞きたいことがありましたら承りましょう」

と、釈迦が例のおだやかな調子で言った時、大衆のなかから声があった。

一応、身なりはしっかりしている中年の男で、なぜか眼が血走っていた。興

奮のせいなのだろうか。

「どれもこれも、もっともらしい説法として聞きましたが……」

人をバカにしたような切り出しに、まわりでわずかなどよめきが揺らいだ。

それをよそに男はつづけた。

「私が聞きたいのは」

心もち彼の言葉尻が震え絶句したが、なおも切り込んできた。

「そんなきれいごとを言う資格があなたにおありかということです」

さあ大変だ。

「つまみ出せ！」

聴衆の怒声。

「あやつは気ちがいだ」

「いや、私は気が狂って申し上げているのではありません。事実を皆の衆に知ってもらおうとしているのです」

「……?」

釈迦の眼がじっとこの男にそそがれた。

それにはかまわず、男の声はさらに切り込んでくるのだった。

「何も知らない大衆の前で人助けとかなんとか、立派なことを言う資格があなたにはあるのですか。私にはないと思います」

「バチあたり奴！」

「出て行ってもらいましょう」

沙門やら聴衆が男を引き出そうとするが、鋭い男の目線にあうと誰もがたじろいでしまう。

さらに男はつづける。

「如来さん。あなたはね、格好いいことばかり言っているが、四十年ほど前に嬰児を捨ててあなたは出て行ったではありませんか。……どうです、……何の力も持たない嬰児は、いったいどうして生きていけるんですか。親の責任はどうなんです！」

男の声がまたも絶句した。

「まあ、こちらへどうぞ」

男の前に佇《たたず》ったのは六十歳前後の威厳ある、それでいて親しみ深そうな小肥《こぶと》りの沙門。

阿南であった。

「どうぞ、こちらへ。さあ」

「？」

目の前へ不意に現われたので多少は動揺したであろう男は、催眠術にでもかけられたように、結局のところ阿南に従うかたちになった。

少し阿南とは距離をおいた若い沙門が案内役となり、場内のざわめきをあとに阿南と男は一室に通された。

「やあ、驚きました」

開かれた阿南の表情に男は不審を抱いたまま、ちょっと頭をさげた。

「こんなに成長されたとは」

「……？」

こんどは男が驚く番だった。

「失礼ですが、あなた様は私を存じておるのですか」

びっくりしたような男の顔はまだ興奮のままだ。

「あなたが嬰児のころを知っておるのです。羅睺羅さんでしょ」

まったく優しい仏の顔だ。

「……!?」

男は目を丸くした。

「どうしてですか。私を」

「私も童のころで……。申し遅れました。私は童のころからの仏弟子で阿南と申します。早いものですなぁ、月日のたつのは」

「すると、あの宮殿もご存じなのですか」

「知っておりますよ、昨日のようにね。私の家は小さな牧場をやっておりまして、宮殿に連れて来られた時にはあまり立派なのでびっくりしましたなぁ」

この辺で、阿南の自然体話法に男は乗せられた形になってゆくのであった。

若い沙門がついでくれた茶を男にすすめながら、阿南は過去の宮殿を懐かしんだ。

「美しい妃のあなたの母君もいいお人だった。やさしいお心をお持ちの仏様でした」

「私は両親の顔を覚えておりません」

「ふむ――、そうかもしれませんね。あなたは一歳半ぐらいでしたからねえ。……ご苦労なさったでしょう?」

「正直なところ、一面識もないようなあなた様にこんなことを言うのもなんですが、苦労なんてもんじゃありません。ひどい環境に投げ出されましたから」

「たしかに内乱がありましたね」

「あの内乱の少し前に私は宮殿を出ております」

「なんだか、……少しわからなくなりました」

阿南は、茶をひといきに飲み込んでから、

「あなたの母上が若くして亡くなられ、御師はあなたの祖父にあたる王様にあなたの将来を頼み、堅い約束を交わしたはずなのです。ですから御師は安心してご自分の進むべき道に向かうことができたのです。絶対に言えることは、かわいい息子のあなたを捨ててはおりません。宮殿に内乱が起きた時でも、御師はあなたのことをずいぶん心配なされていたようでした」

ここで言葉を切ってから、さらにつづけた。

「これが昔のままであれば当然、あなたがあの宮殿の王様になっていなければならないのです。そういう約束だったはずです。御師から私は聞いております。その辺の事情はお調べになればわかると思うのですが。と申しましても年数もへておりますし、支配者も変わり調べようもないかもしれませんが。……証人とまではいかないながらも、あのころの宮殿の事情をわずかながらでも知っている者といえば私くらいなものでしょうし」

　ここで阿南はひと息つくと真摯な態度を見せた。

「とにかく、あなたは冷静になるべきです。感情だけに走ってはいけません。深いところがわからくなりますから。深いところがわからないということは、真実がつかめないということです」

　それから阿南は表情を柔和にほどき、

「私はあなたを信じます。それは、私がこの世でもっとも尊敬する御師と、あの美しく優しい妃の血を受けたあなただからです。……それにつけても、あなたはいま、どちらにお住まいなのですか」

　とたずねた。

「申し遅れてすみません。私は城外の少し離れたところで米問屋をしております。家族は先代夫妻と妻と子ども二人。使用人が数名といったところでございます」

「ほう、お米屋さん」

　阿南には意外な感じがした。

（世が世であれば国王にもなるお方が米屋とは）

律儀そうな男の顔を見つめた。

何も米屋の旦那になったのが悪いというわけではないのだが。阿南は空《くう》に眼を置いたまま、呟きみたいにもらした。

「どうして、あなたは国王をお継ぎにならなかったのでしょう？　内乱のせいなのですかね。それとも若すぎるという理由からですか。……少し歳はとっておられましたが、あなたのおじいさんにあたる、しっかりした王様がおられましたのに」

「……」

片頬に米問屋の羅睺羅は皮肉な笑みを浮かべた。

その皮肉な笑いには意味があった。つまり、羅睺羅の述懐に阿南は驚かされたのである。

彼はこう語るのであった。

おそらく阿南を信頼にたる人物と観たのであろう。

小国ではあったが、浄飯王は米どころであるシャーキャー族の地を攻略以来、権勢をふるっていたことは既成の事実であるが、とかく「英雄、色を好む」の戯れ言のように、いつのころからか重臣の娘に手をつけ、釈迦が出家したのち王妃にした。これには重臣父娘の謀略説もあるが、それはそれとして、二人の間に王子ができた。

するとまるで掌のひらを返すように、王妃が幼い羅睺羅を見る眼が変わってきた。汚いものにでも触れるような態度をとるようになったのである。それでも羅睺羅は遠慮しながら、悲しい目で彼女を眺めるだけであった。幼い心は抱いてもらいたかったのに。

冷たい王妃の表情を見上げながら、左と右の小さな指をトントン突き合わせる仕草をするだけだった。

こんなふうになってくると酷《ひど》いもので、お守り役の女官までが、わが身かわいさで王妃のいいなりになってしまい、何をやってもほとんど形だけのもので、心からかまってくれる者はいなくなった。

さすがに、これを見かねてか祖父の浄飯王は王妃に、

「たまには羅睺羅をかまってやったらどうか」とは言いはするものの、歳をとってできた王子にはメロメロで、孫の羅睺羅は二の次、三の次になる。が、二など欠けてしまう時があるので、この愛情も羅睺羅にしてみれば当てにならない。

そのうちに羅睺羅はいたずらが多くなり、かつ乱暴したりで女官らを困らせ、城内のひんしゅくを買うようになっていく。羅睺羅が七歳になったばかりのころである。王妃は何の時だったか、羅睺羅をにらみつけ、

「血は争えないもの。お前の母親はな、言って聞かせてやろうか」

ここで言葉をちょっと切ってから、

「お前の母親はな、街の酒場で踊っていた女なんだ。踊り子だったんだよ。ガラクタ男どもに抱かれたりして、踊っていたんだよ。へん、いやらしい」

王妃はニヤリとして、その眼と口とで、冷酷なまでに無力な童をついばむのである。

「……！」

これはショックだった。

薄ぼんやりとした記憶しかない実母を悪く言っているのを感じたからだ。

「そんな下品な女を、もの好きなお前の父親は宮殿に引き入れた。私はよく知ってるよ、そのころのことを。……お前なんかね、誰の子だかわかったものではない。ここにいられる人間ではないのだよ。このバチあたり奴！　お前の父親はな、教えてやろうか。バラモン教の裏切り者なんだ」

バラモン教がどんなものなのか、先祖との宗教関係など羅睺羅には幼なすぎて知識を持たなかったが、思い描くこともできぬ両親への罵倒が口惜しいのか悲しいのか、そのどちらでもあるような熱い涙が、柔らかい頬にツーと糸を引いた。

こんなことがきっかけとなって羅睺羅は宮殿をぬけ出したのだから、宮殿は一時、大騒ぎになった。どうも、浄飯王が倒れたのは、その後らしい。

むこうみずに家出をした幼い羅睺羅は何の当てもなく、頼るところもない。ただただ感情が突っ走り、彼にしては精いっぱいの反抗だった。

おかしなもので父子二代にわたる家出になる。宮殿を脱出した羅睺羅はあとさきを見極める力もなく、破れかぶれの無軌道ぶりを発揮し、敏捷な小動物みたいに野菜畑を荒らし、盗みなどをしているうちに、いたずらっ子として捕まえられ、身につけている彼らよりはるかに上等な生地布を争うようにひっぱがされ、素っ裸で放り出された。

裸ん坊の童は大衆の嘲笑を浴びながら逃げ切り、今度はあべこべに干してある他人の衣布を盗んで体に巻きつけたりした。そんなふうにして人間から外れた道を走りつづけたのである。悪党どもの手先にもなった。

ある時、羅睺羅は米問屋とおぼしきところを狙った。しかし、大きなこともしないうちに、結局は問屋の人足に捕えられてしまうのであるが、結果的には幸運と言うべきか、そこの主人が仏様のようなお人で、彼は救われたのだった。

つまり、柔らかな主人の指導教育もあって羅睺羅は更生したのである。まだ少年だったが、立ち直るに早くてよかったのかもしれない。

羅睺羅は夢中になって働いた。その甲斐あってか、子のない主人夫妻から信用され、二十数年後には世帯を持たされ、米問屋の跡目を継いだのである。人徳ある主人夫妻が選んでくれただけあって、妻になった嫁は気がやさしくしっかり者で羅睺羅の支えになってくれた。いまでは頼りになる息子が二人もいて十分な暮らしをしているが、近ごろ耳にしたのは、祇園精舎とやらで実父の釈迦が独特な話法をもって大衆に大受けしているとのことである。

かつて、幼いこの身を捨て、あの惨《むご》い王妃が言っていたバラモン教なる宗教を裏切るほどの男、どのような体裁のいいことを吐いて人びとをまどわすのか。場合によっては、彼を知らない善人たちのためにも糾弾する必要があると決め込んだのである。だから、主人夫妻にも自分の妻にも明かさずに、独りここへ来たのだと明かすのであった。

「わかりました」

阿南は大きく頷いた。

「大変なご苦労をなされた。初めて知りました」

「餓鬼のころはめちゃくちゃな生活でした。悪い奴らの手下になったり、何がなんだか……」

「米問屋のご主人の仏心があなたに与えた影響は大したものです。あなたもよく立ち直りましたね。しかし、あなたの今日の行動はまちがっていました。……それにつけても話をうかがっていて知ったのですが、あなたの祖父、つまり王様がいけなかったのです。お年をめしてからのお子がかわいいのはわかりますが、あなたを立てる約束を破られた。いや、これは、これは破られたも同然です。御師は王様ときちっと決着をつけてから宮殿を出られたのです。当時は御師も若く、何でも話してくださった。私が証人です」

それから阿南はもっと調子を和らげた。

「いまごろ御師はきっと、独り悩んでおられることでしょうよ。ああでもない、こうでもないと。人間ですからね、御師だって」

笑顔のまま、ひと息ついてから阿南は言った。

「あなたのことを話したら御師は驚くでしょうね。それから現在の生活を聞いたら無事平穏を喜ぶでしょうよ。……あなたの心の底にある苦悩はわかりました。その苦悩こそ、人間的な欲望なのです。仏教ではそう認識しております」

「はぁ」

羅睺羅は頭をさげた。人間的欲望とかをほんとうに理解したわけではないのだが。

「御師は昔から感情をあまり表に出さないお方ですが、……ま、私からあなたのことはよく伝えておきます。晴れてご対面なさる日をお待ちください」

と言われても羅睺羅の心情は、いい年をして幼子のように複雑に揺れた。

「ご迷惑をおかけして申し訳ございません。少しは理解できたような気がいたします。また、私、あなたさまにお目にかかれて、……あのう、また来てよろしゅうございますか」

どうやら羅睺羅は、初めて会った阿南の人柄に惹かれたようだった。

「どうぞ、どうぞ。お待ちしておりますよ」

「今後ともよろしくお願い申し上げます、未熟者ですが」

先ほどの彼とは思えないほど、羅睺羅の眼に控えめの輝きが見られた。

案外、彼は純粋で正直者なのだと阿南は合点して溜飲を下げるのだった。

時間は少少たったとはいえ、祇園精舎に一騒動があっただけに、阿南は中年の沙門に街の外まで遠慮する羅睺羅を見送らせた。思いもよらぬ夢のような人物に出会えて、阿南は御師の心境を思い、ほのぼのとした気分になった。が、この日があってから仏教祖釈迦の祇園精舎での説教は途絶えた。

羅睺羅の出現があまりにも衝撃的であったのか。それによる心境の変化かどうか、釈迦は独り山にたてこもり結跏趺坐《けっかふざ》がつづくのであった。

さすが阿南には、痛いほどその苦悩がわかるのである。御師とて人間なのだ。阿南は独白した。

仏教徒としての釈迦の方針や行動は誰にも止めるわけにはいかないので、祇園精舎は阿南と須菩提が主となって説教をつづけられたのであるが、そのうちに、また阿南には頭の痛い問題が持ち上がった。

あと数年で八十歳になろうとしているのに、仏教祖釈迦は修行に出ると言いだしたのである。今度は阿南も誰も連れずに単身の旅が目的だと言う。

いくらなんでも、その歳では無法だと諌《いさ》めたところで言い出したら聞くような御師ではないくらい阿南はよくわきまえている。お顔は優しくとも、この強い意志があればこそ、幸運ということもあったろうが、論理の上でも他教を凌駕《りょうが》し、仏教を樹立させ、これまでになれたので、また口先だけではなく人助けの実行者なのである。

「阿南よ、いままではそなたが道づれであったが、これからは影法師が付き添いじゃ」

軽く笑って、薬草と土鍋のはいった小型の頭陀袋を肩にかけ、仏教祖釈迦は祇園精舎をあとにした。

後ろ姿を見送った阿南は、ああ言って出て行ったが、あの老体では長くつづくまい。じきに帰って来る。と、自分に言いきかせたものの、不安にもなり、このまま放っておくわけにもいかない。

その翌日、数名の沙門を分散させ、托鉢のようにして釈迦が通りそうな道を行かせた。

数日して彼らが戻って来ての報告は、どの道も教祖が通った跡がなかったと言うのである。

（そんなことは絶対ない）

どこまで本気になって御師を捜していたのか、肚がたってくる。沙門と言えども当てにならない。ひょっとすると、御師が見通された仏教徒将来の不安というのは、こんなところに象徴されているのかもしれない、などと苦悶した。

いくら道中慣れしている御師といえ、だんだんと気になってきて、数か月後には行方不明になっている教祖を自ら捜すことにした。己とて老年にさしかかろうとしている年齢ではあるが、そうしなければいられなくなったのだ。師弟関係という個人的な理由ばかりでなく、仏教のためにも重大事なのだからである。

祇園精舎でやらねばならぬことは一切、老齢の須菩提とその一門にまかせ、昔のように薬草と土鍋の頭陀袋を背負い、足拵えも厳重にして早朝の空気を吸った。

頭陀袋のなかには一つ余計なものがはいっている。以前にも経験した童用の履物なのだ。ずーっと昔、御師に従い初めて修行に出る時、母が寝ずに作ってくれた、あの履物である。

小さくてすでに足には合わず、他人の目には汚いボロではあろうが、阿南には大切な宝物で、母の魂がはいった仏そのものなのである。この履物だけは生涯、阿南と離れることはなく、古い頭陀袋だけがその意味を知っている。

5話　迷捜

コーサラ王国の首都をあとにガンジス河の上流を渡った。と言って、この道のりに意味があったわけではない。はっきり言って、かいもくわからないのだ。御師がどこを通って、どの方面に向かったのか知れれば、どういうこともないのだが。昔の御師の足を信じすぎたのが、かえって誤りだったかもしれない。

犬ではないから鼻がきくわけでもなく、行きあたりばったりである。道ゆく人にたずねても、「そんなじいさま見たことない」との応えが返ってくるだけだ。都を出れば、まるで環境が変わり田舎《いなか》そのもので、ほとんどの貧しい人びとが、生活に疲れた目で乾燥した空を仰いでいる。そのなかを経文を唱えながら阿南は歩き、木陰に休み、日が沈むころになると彼らの心情を聞いてやる。

身体の具合の悪い者には手当てをしてやったり、いままで通り変わりはない。いつまでたっても世のなかは同じく、弱者が恵まれないのもおかしな話だ。と、当然の現況を、六十を歳過ぎようとしている阿南は、こと新しいように、ひょいと思う。

結局のところ死ななければ楽になれない、と言った御師の胸中は立派でもあり、生きていて安泰を求めるのは心の置きどころだと言いきっているが、誰にでもできる業《わざ》ではない。

むずかしい問題ではある。しかし、それができなければ、〈南無阿弥陀仏〉と唱えれば救われるとなっているが、この方法がいつの世までつづくのか。他に方法はないのか。

だが、一番、簡単で衆生がそれでいいと思えば救いにはなるだろう。さすが御師はそこに着眼したのか。理論を飛びこしたところに。

やはり、御師は天才なのだろう。

時により御師が口にしていた「人間は泡沫であり、かげろうの如く揺れながら消えてゆくもの」。あの侘しい心境がいまでは阿南にもよくわかる気がする。

ところで、どこへ行ってしまわれたのか。

厳しい修業を耐えてきた菩薩とはいえ歳が歳だけに、昼夜を問わずに歩きまわるとは考えにくい。山にこもることもあるが、それにしても平地を通らないはずはない。

釈迦の足癖は若い時から一緒だった阿南はよく心得ている。

方角を変えねばならぬ。

ひょっとしたら先祖の出身地である極楽の西方向へ向かったのではないかとの判断で、いま歩いている土地へ来てしまった感があるが、これはまちがいだったのかもしれない。

いったい、どうしたものか？

歩きながら、ふと気がつくと頭に布を巻き、自分と同じような服装をした修行僧らしい人物が、頭陀袋こそ背負っていないが何かを唱えながら、こちらに近づいて来るではないか。何者だろうと阿南が思う間もなくお互いの目が合った。

「……？」

どこかで見た顔。

阿南の脳裡に強烈な印象がアップされた。

この間の羅睺羅ではないか！

相手の予期していたような笑顔に出会うと、阿南としては全身を衝《つ》かれた疑念とともに、また何となく吹き出したくなるような光景であった。

「なーんだ」

　予想外の再会に阿南は立ち止まった。

「ついにお会いしましたね。あの日はとんだご無礼をいたしました」

　修行僧らしく身をかためた羅睺羅に、正直なところ阿南は意外な感銘にうたれたのである。

「あなたのお住まいはこちらの方なのですか」

「いえ」

　数か月前の羅睺羅とは別人のようであった。

　御師の令息とはいえ、いまの阿南にとっては珍客である。どうしたのだ、このなりは。

「そのお姿は、いったいどうしたのですか」

「……」

　ちょっと羅睺羅は恥しそうにした。

「あなたが遊びに来られるかと思って、祇園精舎で待っていたんですよ」

「まず、そのことについてお詫び申し上げます。実はですね、あれから家へ帰って……」

「ま、道端ではなんですから」

阿南は樹木に陰を見つけて彼を誘い腰を下ろすと、羅睺羅は申し訳なさそうにつづけるのだった。

つまり、あの日、祇園精舎から家に帰り、義父母と妻にことの子細を正直に話したそうである。ところが、三人からお目玉をくらったと言うのだ。

真相をどこまで調べて祇園精舎へ臨んだか知らぬが、いい歳をして感情だけにとらわれた自分が恥ずかしいとは思わんのか。いまや神の如く敬われているお釈迦さまに向かって、よくもそんな行動に出られたものだ。お前の実父だということは先刻知ってはいるが、これにはよくよくのことがおありになったんだ。人には本人しかわからないこと、他言できないこともある。実の子に大衆の面前で侮《あなど》られ、どんなに辛かったか。さっそくお詫びに行きなさい、と。

「私は考えました。なまじ、お詫びなどより仏教を勉強してみようと思ったのです。それで、ある沙門に教えを乞うて、少しばかり修行にはいったというわけなのですが、反対されるのを覚悟で出家したいと義父母に申し出たところ、私の総領息子を米問屋の当主にすることで、まあ、出家を許されました。義父母同様、妻も笑顔で私を見送ってくれたというわけです」

簡単な説明ではあるが、内容は明瞭である。

「先代もなかなかよくできたお方らしくて、あなたも幸せでした」

「私もそう思います」

「何事もこううまくいけばいいのですが、なかなか……」

「ついているのですかね、私は」

「ふむー」

頷くより阿南にはしかたなかった。人それぞれなのである。羅睺羅はつづけた。

「祇園精舎へあなた様をたずねたところ、何かを生じて出立された教祖様を追って行かれたと言うではありませんか。出向いた先はたぶんこの辺だろうと教えていただいたので、さっそくこの地へ来てみたというわけなのでございます」

「なるほど」

「でも、よかった。お会いできて」

「祇園精舎で私の言った事柄もわかったのですね」

「はい。恥ずかしながら」

「しかし、あなたが修行僧になられたとは驚きです」

「あの時、近いうちに再会をと思いながら、こんなに日が過ぎてしまい、まことに申し訳なく恥じ入っております」

「そんなことはかまいません。お気になさらずに。……あなたと別れてですね、御師にあなたの現状を話したところ、御師はいちいち頷かれていました。ああいうお方ですから表にはあらわしませんが、喜んでおられたようでしたよ。実は、私とて心配だったのです。しかしね、私にはわかるのです。顔色を読みとるのが私はうまいですから。それに童のころより御師の世話役としてお側についておりましたからね」

「私は、あの時、愚かな口を大衆の前で発してしまい、それが悔やまれてたまりません」

「忘れるんですよ、そんなことは。御師は心のなかでは笑っておいででしたよ、成長なされたあなたに。かえって喜んでおられた。別れる時は嬰児だった我が子が、こんなに立派に成長なされて。仏教祖と言えど人の親なのですよ」

「はい」

伏せ目にして羅睺羅は素直だった。

こんなところが米問屋の主人《あるじ》とはいいながら、何となくかわいい感じが阿南にはした。

「さて、これからどうしましょうかね」

阿南にしてみれば、これから彼をどう扱うか掴みどころのない気もする。

「お願いがあるのです」

羅睺羅が言った。

「何です、いったい？」

「私をあなた様の弟子にしていただけませんでしょうか」

突拍子もない羅睺羅の願いに阿南はたじろいだ。

「何をおっしゃる。御師の令息を私が弟子にできるはずがないではありませんか」

「いえ、私とて考えてきてはおります。私の師となるお方は、あなた様より他にないと思うのです」

「困りますね。あなたを御師に推薦するのは私としてやぶさかではありませんが、私が如来として信じているお方の令息をですよ、無理。絶対に無理です」

「……」

「行方不明の御師を捜しあてましたら、御師の仏弟子になれるよう話をしてあげます。きっと聞いてくださると思いますよ。これは仏教のためにも喜ばしいことです。新しい花が咲くのではないでしょうかね。あなたも勉強なさい。一切平等の真理を、あなたは受け継ぐのです。親子ですばらしいではありませんか」

「口で言うのはたやすいでしょうが、できますかね、あたしに」

「だから修行するのですよ。私がお手伝いします」

「もったいない。バチが当たります、お手伝いなどと」

「修業は苦しいですよ。何としてもやりぬく精神がなければ、いまのうちに米問屋へ逆戻りをすることです」

「はい」

祇園精舎で毒口をたたいた男とは遙かにちがった彼は、謙虚な別人になっていた。

背にした樹の香りを胸いっぱいに吸いながら、阿南はまぶしい天空を仰いだ。

「ここで休んだから言うのではなく、ふと思いついたのですが、あなたはどう思いますかね、この理論。……ありとあらゆるもの。この世に存在する全部は仮の姿であって本質は空である。よく説教に出ますが、これはすごいと思うんですよ。この身に言ったこともありました。いかなる権力と言えども、結局のところ、それは空《くう》なのだ。ただ、おろかな権力がそれを知らないだけなんだよ、ってね。あなたはどうですか。空《くう》の問題について。そしてすべて変わっていくということなど」

「変わっていくでしょうね。あたしにはよくわかりませんが、勉強不足で」

「若いころ、これを聞いた時、驚きましたね。まこと、これこそ真理だと感動しまして、頭がグラッときましたよ」

　ここで阿南は首筋の汗をぬぐい、

「しかし、何ですね。一般人間の生活において、この理論がどれほどの役に立つかというと、また別の問題になってきますでしょう。……御師が情熱をかたむけて宮殿を去られたのは、人間救済にあったのですから、よほどの勉学の徒でなければ、仏教には近寄りがたくなっても困るのです。私は口べたで御師にもよく注意されるのですが、やたらと獅子吼《ししく》をするだけで、いまだに説教は勉強中という体《てい》たらくです」

さらにつづけた。

「しかし、なんですね。理論と現実とは別問題だと思っても、理論に一歩でも近づけようとする創始者である御師の言葉を聞いていると、我われにとって仏教とは何か？　つまり、仏教とは人びとを救い自分自身を人間として高めていく修行であると申される。……ある時は清浄な空気を吸いながら無念無想になることも必要、これは身体のために欠かせないことだと。これが第一段階。むずかしいことは次つぎと出てきます。面喰らうこともありましたよ」

肥料の匂いのする風が鼻をかすめた。

「どうなるんでしょうか、人の世は」

だらんと首を下げて羅睺羅が言った。そして、つづけるのだった。

「ずーっと遠い東の土地では、国がいくつもあって戦さに明け暮れていると言いますし、弱い者にとってはまったく地獄でしかありませんね」

「実は、御師の胸の痛みもそこにあるのでしょう。遠いといっても地続きですからねえ。御師と話しているうちに、結局はこの項目になってくるのです。それだけ重要だということですよ、この問題は。……気が遠くなるような東の国から仏教を研究に来る熱心なお方もいるにはいるのですが、なにせ数が少ない。

阿鼻叫喚の様相をくい止めるまでにはいかないのですよ。その行動も一種の理想になってしまうのでしょう、きっと」

　静かな空気が流れ、阿南の話はつづいた。

「御師がおっしゃる通り、人間に欲があるかぎりどこまで悪習がつづくのやらわかりませんが、私は人間に知恵と努力があるかぎり、良心をもって難儀をくい止めることは不可能ではないと信じるのです。しかし、そう思いたい。けれど、あやふやになってしまうのですよ、正直なところ。この歳になっても、御師のね、懸念に飲み込まれそうになってしまうのです。まあ、私たちは捨て石になることです、人を救うためには。そんなふうに考えて努力するよりしかたありませんね」

「生意気なことを言うようでごめんなさい。あたしは正直言って、こんなふうにも考えるのです」

　羅睺羅はのどをゴクリとさせてから、

「教祖はすべて夢を見ているのではないかと。……ごめんなさい。生意気な口をきいてお許しください」

「いや」

阿南は彼をいたわるように頷き、

「さすがに御師のお子です。あなたの言いたいことはわかる気がします。私も若いころ、そう思いましたもの。それからずーっと御師を観察した一時期がありましたよ。そうしましたらね、夢は夢でも現実の夢。わかりますかな。……わかったような、わからないような。ハハハ。これは自分で掴むのが一番。答えはね、瞑想のなかかかな？　あなたなら掴むのは容易でしょうから」

「奥が深い」

「そうですよ。すべて、仏教は。つまり、御師の頭のなかはです」

「お釈迦様なる如来を、あたしはよく存じておりません」

「ま、それはそうでしょうが、御師にとって、あなたは夢の塊りなのです。誰にも黙していて、あなたのことは口にしませんが、私にはよくわかるのです。五十年もお供をしておりますからね。あれで口をきくと結構おもしろいですよ。冗談も言いますしね。腹を割って話す人物といったら私くらいなものかな」

「案外、冷たい人生を歩んで来られたといったら何ですが……」

「あのお方が背負われた宿命です」

「宿命ですか。……宿命のなかの闘い」

「だから尊いのです。いかなるむずかしい問題にも屈しないところが」

「想像するだけでぶっ倒れそうですね」

　すると、阿南は羅睺羅の肩をたたき、

「しっかりしてくださいよ。あなたは私ら老人とちがって体力があるのだし、これから修行をして、中心的菩薩になってもらわにゃならないのだから。ハハハ」

　と、笑った。

「何でもお申しつけください」

「では、この頭陀袋をかついでもらおうか。重いものでないから扱いやすいでしょう。托鉢とともに御師とやってきた行動を教えますからね。もう少し歩きましょう」

「はい」

　素直に応え、阿南についで羅睺羅も立ち上がった。

「この辺は御師のめざした方面とは、どうやら見当ちがいだったらしい」

　辺りを見わたしてから阿南はゆっくり歩き出した。

　あまりコセコセしないのも昔からの民族性なのかもしれない。今度は東南に足を向けたのである。

これとても確たる理由があったわけではない。いまのところ盲めっぽう同様なのだ。それでも羅睺羅は阿南より十歳以上も若いだけに足は達者だが、阿南はしばらく長旅を遠ざかっていたせいか年齢のせいか、気候の不順も重なって身体の節節に疲労を感じるようになったのも一つの驚きであった。

この大地がどこまで広いのか果てしなく、教祖捜しの托鉢はつづく。

ある時は砂嵐に遭い、目も開けられず、砂にうずもれて死ぬかと思ったが、よほど運がよかったのか、人間不在の倉庫みたいな小屋を見つけ身を隠し、どうにか助かったものの仏の救いかとばかりに掌を合わせて、阿南が習慣的に〈南無阿弥陀仏〉を唱えると羅睺羅もそれにならった。

しばらくして嵐は止んだ。

「人間など自然の前には意気地のないものだ」

いまさらのように阿南は呟く。

羅睺羅は大きな息をつくだけだった。

「この辺の人は難儀だろうな。砂ばかりかぶって」

溜息のように阿南が言った。

しばらくしてから、

「出てみましょう。もう大丈夫です」

と、羅睺羅。

「街の入口になるのかな、この辺は」

「どこからどこまでが街なのか。砂の吹きようでいくらか変わるのではないでしょうか」

「ふむ、そうかもしれんな」

とにかく二人は、がたついて腐りかけた扉を開けて外に出ると、一面は砂だらけで、砂をかぶった街の様子も見えた。

ここへ来るまでの風景とはちがい、突然、襲われた砂嵐のため目も開けられず、夢中になって駆けだし、息たえだえに飛び込んだ物置小屋の跡とはいえ、意外な気分さえする。まったく遭難海の助け舟だ。

この小屋がなければ二人とも砂に埋もれてしまったかもしれない。砂かぶりの街らしいものを除いて、大げさに言うと片方は砂の高原である。

西の空を赤く染めた夕日が沈みかけ、その下を遠く影絵のように、背に荷物を積んだ幾頭ものラクダを引く隊商の列が、黙黙として消えてゆく。

先ほどの砂嵐など知らぬげに、よほど砂漠慣れした商人なのであろうが、ラクダが背にした荷物は遠国からの何か珍しい物品なのだろう。あの人たちはこの地の果ての、どのような国へ商売にゆくのだろうか。

二人の沙門は同じようなことを考え、彼方を眺めていた。

――南無阿弥陀仏――

名も知らぬ隊商らの無事を阿南は祈った。

日が暮れかかると、砂をかぶっていた小さな街に灯がともりはじめ、酒場などは旅人でにぎわっていた。

野外にしろ何にしろ、今夜はこの地で寝につかねばならぬので、いっそのこと、あの破れ小屋に引き戻ろうかと考えながら托鉢で回って歩くと、幸いなことに信心深い人たちがいて、すすんで宿を提供してくれたのにはありがたかった。

縁があったのだろうか。

この狭い地域の人らと顔なじみになればなるほど逗留《とうりゅう》が長引き、早くも数か月は過ぎようとしていた。もちろん仏教徒としてやるべきことはやった。

居心地がいいといって、いつまでも滞在しているわけにもいかない。教祖を捜すという義務を忘れてはならないのだ。

人びととの会話には気をつけているのだが、まるで教祖の情報にはぶつからない。

いつまでもこうしていられないので、出立することに決めた。

この地の人びとに惜しまれながら厚く礼を述べ、二人は布教活動の思い出を残して進路を東にとった。

かくて何日か放浪しているうちに、ガンジス河の支流に出た。昔、この辺に来たような覚えがうっすらと阿南にはあった。

まず、流れを渡って向こう岸に着くと雰囲気が変わり、人の数が多くなった。

（ここはマダカ国ではないか？）

阿南の記憶を彷彿とさせたのは、昔、若かりし御師と活躍して、仏教を定着させたラージギルの竹林精舎のある地区に見えてきた。

王舎城の北側で栄えた、あの僧院はどうなっているのだろうか。

記憶をたどって阿南は羅睺羅をともない、懐かしい竹林精舎へと向かった。

ラージギルの街の風景はあのころとあまり変わっておらず、目につくものが懐かしく、活気もうかがえ、阿南は若かりしころの気持にかえったような気がした。

やがて見覚えの樹林を抜け、旧邸に帰った気分で僧院の門をくぐると、声はかけなかったが、年配になった顔見知り者も目にふれた。

十年ひと昔というが、たってしまえば十年などは瞬く間である。

見知らぬ沙門は若者ばかりであり、共に彼の大洞窟で説法をした優れた人物で、いまではここの責任者でもある老師が、忘れもせずに快く迎えてくれたのにはうれしかった。

しかし、連れの羅睺羅を仏教祖釈迦の実子であるとの紹介は控えた。いまの羅睺羅は、沙門としての修行にはいったばかりであるということと、彼の身の上を明かせば、老師はびっくりして、てんてこまいになる恐れもあり、意識して優待されることがかえって彼のためにならぬので、阿南はわざと口にしなかったのである。

羅睺羅は羅睺羅で、ここが仏教の発祥地だと阿南が語ると、彼は眼を見開きびっくりした表情をした。

八十歳近くになって独り托鉢に出られた御師を捜してここまで来たことを述べると、さすがに老師はあわてもせずに、捜索に若い沙門をつけてくれると言ったが、ありがたく断り、その日だけ厄介になると竹林精舎を辞した。そして、懐かしい大洞窟に来てみた。

説教の日ではないらしく、人気はあまりなかったが、洞窟は元のままである。阿南が掌を広げて叩くとピシャリと冷やかな音がする。洞窟のなかは暗く、阿南は独り頷くだけだった。

昔は王殺害などの事件はあったが、どうやら、いまではこの国も平和であるらしい。めでたいことである。

こうして、いつか通った道を歩いていると、若かったあのころのことが昨日のように思い出されてくる。

仏のなかでも権威があるという第五十四番目の如来、世自在如来の寿命について御師釈迦にたずねたことがある。

「彼の有名な世自在王国の寿命はいかほどなのでしょうか」

すると、御師教祖はこう応えた。

「よいかな阿南、世自在王仏の寿命はな、四十二却《こう》と言われている」

そもそも一却が四億三千二百万年だから、四十二却というと数え切れぬほどの長生きということになる。御師の顔を眺めたまま追究する言葉を失う。

嘘とか本当とかデタラメとかの問題ではなく、いつもながら創作力の豊かさに感心してしまうのだが、この歳になって考えてみると、どうもこういった種類の説法は、もしかしたら御師の創作ではなくて、御師が仏教以前に関わったバラモン教のなかから引っぱり出されたものではあるまいか、との疑念が漂ってくるのである。ことに天文学的数字の挿入など。御師の創造風とはちがうものを阿南は感じてしまうのだ。

そう思うと、稀《まれ》に使うMａｎｔｙａ《マントラ》と言われる〈呪い《まじな》〉も、バラモン教の流れなのかもしれない。

まあ、それはそれとして、城外へ出れば街の様子はいくらか変わるが、日の暑さは変わらない。

やがてガンジス河の上《かみ》へ足を伸ばすと、いくつにも分かれた川筋に男女を問わず、水のなかでじっとしている者、あるいは何かを唱えているのか合唱している者、泳いでいる若者もいる。

道端へ置き去りにされたような嬰児のそばに食い物がぶちまかれ、蠅が黒山になってむさぼっている。羅喉羅が袖で蠅を追い払うと、一時は飛び去ったこれらの餓鬼虫は再び寄ってたかって嬰児に喰らいつく。

こんな風景は旅をしていると珍しくないのだが、あまり気持のいいものではない。

足の向くまま、——はよくても、これが人情というものか。阿南の足はいつの間にやら川筋に沿って、故郷のウエヴェーラー村に向いてしまう。

やがて、微かにのんびりした牛の鳴き声が聞こえてくると、まさか自分らを迎えてくれているのではなかろうが、懐かしいと言えば懐かしく、そのくせ誰とも会いたいという気持はない。

自分が生まれ育った家ではあるが、両親も兄もなくなってしまっているし、甥もその家族も阿南を家出人の印象からか、過去に心よく迎えてくれなかった覚えがあるので、久方ぶりではあるが控えることにした。血縁者とはいえ、もはやアカの他人なのである。

しかし、眼にするものが昔のままというのもいいものである。自然が、物質が、いろいろと語りかけてくれるからだ。

御師が若いころ坐禅をしていた大樹の葉も昔のまま生い茂っている。

ポンポンと大樹を叩いてみた。硬くて変わりのない大樹の肌が心地よい。

「御師は若いころ、この樹木を背にして坐禅を組んでいたのですよ」

阿南は羅喉羅に言った。

「はぁ……」

おもむろに羅喉羅は近寄り、大樹を叩いて見上げるようにした。

「この樹に菩提樹という名をつけてやったのです。菩提、つまり煩悩《ぼんのう》を断って悟りの境地に達したという意味でね」

愉快そうに名づけ親の阿南が言った。

「菩提樹ですか。……立派な名前ですが、本当に悟りを開いたのですかね、ここで」

「さあ、それはどうですか」

阿南に軽い笑いが洩れた。

「教祖は結跏趺坐《けっかふざ》して、いったい何を考えていたのでしょうか」

独りごとのように口にすると、羅喉羅は菩提樹に触れたまま、その樹肌を見つめる。

「さー、それは誰にもわからんでしょうな」

まさか、自分の姉のことでも瞼に浮かばせていたのではないか、などと阿南には言えない。

「後世に残りそうな名ではありませんか」

と、羅喉羅は感慨深げに言った。

「そうあることを願っています」

阿南は頷きながら菩提樹を眺めた。

「本当のところ何を念じ祈っていたのでしょうか」

「さて、何でしょうかね。私にもわかりません」

「生意気なようですが、私はこうも考えてみるのです。まさか、ここで坐禅をしていて悟りを開いたわけでもないでしょう。……当時でしたら若すぎます。悟りというものは、そんなに簡単なものなのでしょうか」

「と申されてもね、御師は天才ですから。……私たちが考え及ばぬものを持っておられます。歳には関係ないようですなぁ」

と言いながら、阿南の眼に浮かぶのは、いつも同じことの繰り返しになるが、御師との対話である。

「こうして口をきいていても人間はやがて死ぬものだから、世のなかには永遠なるものはない。形あるものは見えていても必ず滅する。あるように見えても、それは夢みたいなもので掴みどころがない。つまり、すべては空《くう》であって、それ以上のことは、いくら考えてみたところで究極のところわからない。つまり、わからないということが〈悟り〉なのである」

ドキンとするようなことを言って、言葉を切られた。

これを聞いた時、阿南は感動したものだったが、短い寿命の人間ではあろうが、〈すべて空〉とはわかるような気もするが、極端な理論にも思われてきたので、恐縮ながら御師に打ち明けると御師は微笑のまま、

「お前らしい。たとえ極論であろうとも。教えというものはこのようなもの。嘘を言っているわけではない」

ゆっくりとした口調であった。

聞かされている耳も肚も未熟であったせいか、次の反論には至らなかったことをいまでも覚えている。壮大な仏教祖の思想を受け止めるほどにはなっていない自分を認識するだけだった。

このように、御師が創造された仏教の数かずも口移しの誦授《じゅじゅ》だけでは、後世には異なってしまう恐れもあろう。

解釈のしかたでちがってもくる。未来の人はどう受け止めるか。文字が普及されて、大衆が面倒がらずに積極的になってくれさえしたら、御師の理論も、

のちの世まで正確に伝えられる可能性だってあるのだ。また、そうでなくてはならない。

それゆえに自分は御師釈迦との遍歴記録を少しずつ書き残し、大パリニッパーナ経（大般涅槃経《だいはつねはんぎょう》）を祇園精舎に置いてきてある。

しかし、これとても何百年後、千年あとの世まで無事に伝えられるかどうかはわからない。結局のところ、御師の悟りではないが「わからない」ところに突き当たってしまう。

こうして、御師と歩いた見覚えのある道や村に出会うと、昨日のように諭《さと》された御師の表情がよみがえってくる。その時はよくわからなくとも、この歳になると現実感をともなって納得できるものが多多あるものだ。

——一番の曲者《くせもの》は自我なのである。

欲に絡んだ自我が、色彩を変えつつ幻術を使うところに人類の破滅が待っている。一見、幸せそうにしていて、しかも、おかしな者を見たら一応は危険人物と思ってみるのもよい。と、笑われた品のいい、あのお顔。

ところで、御師はどこへ行ってしまったのか？

ひょっとしたら、いまごろ祇園精舎へ帰られているのかもしれない。巡りめぐってここまで来て、足跡にも触れられないというのも変なものである。

南のマダカ国から今度は北へ足を向けると、少年のころ御師と歩いた心覚えの道を通ることになる。すべて昔のままの風景というのも懐かしいものだ。

さらに東側の川端を北上してゆくとクシナガラという里に出た。二人はこの地で托鉢をしながらたずね歩いているうちに、通りがかりの里人からひょんなことを耳にしたのである。

「いつだったか忘れちまったが、数か月前だったなぁ、汚い乞食のじじいがよ、道路沿いの樹の下でぶっ倒れてたのを見たよ。泥だらけで、まあ、汚ねえのなんのって」

これを聞いた二人は喚声を飲み込んだ。

「どうしました、そのお方は」

興奮した阿南は瞬きも忘れた。

「お方なんてもんじゃねえよ。ありゃ、ただの乞食だった」

「どうなったかわかりませんか」

こんどは努めて冷静に阿南は里人に聞きただした。

「さあね?」

里人は首をひねって眉をしかめた。

「そのお方が、もしかしたら、私どもがたずねているお方かもしれんのです」

と、阿南が言った。

「ほかの者をとっつかまえて訊いてみたらどうだい。おらぁ、それしか知らねえんだ」

行きがかりの里人は迷惑そうにした。

「これはどうも、お引止めして申しわけありません」

阿南は行きずりの里人に頭を下げた。

ひきついで羅喉羅が言った。

「どなたか、このことを知っている人はおらんでしょうか。行き倒れの件について何か」

「さあね、……何の関係もねえしょ、おらなんか。てめえのことで精いっぱいの身だ。そんな者までかまっちゃいられねえよ、正直なところ」

逃げ腰になる態度に、

「お手間をとらせました」

頭を下げる阿南を尻目にさっさと里人は去って行った。

あとを見送った羅喉羅は、

「なんて人だ」

不満もらすのを阿南はとがめた。

「ありがたいと思いなさい。あのお方こそ仏様なのだ」

逃げるように去ってゆく後ろ姿に阿南は掌を合わせホッとした顔色になる。

「これで道が開けたではないか。まこと御師であってくれればよいが、めどがついた」

「他の人に訊いてみましょう」

羅喉羅も活気づいた。

いままで自分たちは新規をめざす仏教祖を想像するあまり、見当ちがいの所を捜していたのだと阿南は反省した。

まことは自分たちが考えていた西方の極楽ではなく、昔、布教して回ったガンジス河を中心とした村落に、御師は足が向いたのかもしれない。そして、最後は生まれ故郷を覗いて見たかったのだろうか。

あの宮殿のあった国はこの地から二、三日もかければ行ける所、やっとこさ、ここまで辿りついたところで力尽きたとも考えられる。いかに修行で鍛えた達人とはいえ、八十に近い高齢では、独り旅は無理だったのだ。

実在性と夢想性が強く入り混じった人間釈迦の晩年に、阿南はしみじみとしてふれる思いだった。

とにかく、新しい活気に後押しされた二人に天地が開けると、さっそく覚えがあるという里人をみつけた。

「そのお人はこのような頭陀袋を持っておりましたか」

阿南がたずねると、

「いや、そんな物はなかったなぁ。ただボロ切れみてえに、その乞食じいはひっくり返っていたぜ。まだ呼吸はしているようだったけどね」

と、里人は応えた。

阿南が聞く。

「どなたか、お世話してくれたお方でも」

「それなんだよ。誰も近寄ろうとしねえさ、あんな汚ねえ者に。そんなモノ好きがいるかよぅ」

と苦笑してから、

「世のなかには変わった者もいるもんだで。人に頼んでよう、その乞食じじいを引っ張り込んだ女がいるんだ。奴隷にもならねえ、その乞食じじいをよ。……何だと思うね、その女」

語りながら「イッヒッヒ」とゲスな笑い方をした。

「男に身体を売っている淫売女なんだ。えっへ、何の得にもならねえ乞食じじいをよう。何を考えているんだか、あの女は。……この辺じゃ、語り草になっちまったもんだ」

証言に光がさした。

「その女の方のお所がおわかりになったらお教え願えませんでしょうか」

と、阿南。

「ま、知らねえこともねえけどさ。大きな声では言えねえが、あとでよう、淫売女とどうしたとか何とか勘ぐられるのも嫌だしなぁ」

「あなたにご迷惑はかけません。誓います」

「そいじゃ、ま、おめえさんが熱心だから教えねえこともねえがね」

疑い深い上目づかいで、

「本当かい。俺との話をバラしちゃ嫌だぜ」

「私は仏に仕える身です。貴方にご迷惑をかけることはいたしません」

「そんならいいけどよ。したが、おめえさん、なぜあんな乞食じじいを？」

「まだ会ってみない限りは何とも申せませんが、あたしらが捜しているお方はこの世に二人といない尊いお方で」

するとかぶせるように里人が、

「じゃ、ちがうよ。相手は汚ねえ乞食じじいなんだぜ。おまえさんらが捜している尊い人とかいうお方ではねえ。そりゃ、人ちがいだ。あとでびっくりするだけだ」

自信ありげに里人は首を横に振った。

では——と、有力な手がかりである遊び女《め》の住まいを問うと、何の得にもならないと思ったのか、腐れ女の肌と物物交換や水汲みなどの労働力をぐちるだけの曖昧な証言をするだけで、あっさりと逃げられてしまった。

底辺の人びとにも蔑視されながら、路上に倒れている老人を救ったという遊び女とはいかなる女性なのであろうか。人の世を開けっ放しにしたような砂漠風な里を、いちいち人を捜して歩くよりしかたがないのか。

さて、阿南は困った。

ところが、意外と言っていいのかどうか、羅喉羅はこういうことには聡《さと》かった。

グレていた当時の体験がモノをいったのだろうか。さっそく、いかがわしい女ばかりが集まる場所をつきとめたのは手柄だった。

一人の年増女はこう言った。

「あー、わかった。そりゃ、安羽里《アンパリ》だよ。変なじいさん抱え込んで。あのコも変わりもんだからねえ」

〈喰わえ込んで〉と言わずに〈抱え込んで〉と表現したことに、阿南は人間的なやさしさを感じていると、気安くその年増女は安羽里なる仲間の居場所を教えてくれた。

快哉！　二人の仏教徒にとって、彼女も仏の分身であった。

掌を合わせ厚く礼を述べると、心はずむまま踵《きびす》を返した。目的地はここからさほど遠くはなかったが、かなり歩きまわったせいか足の疲ればかりでなく、灼熱の日光を浴びどおしだったから、慣れているとはいえ呼吸が乱れる。

咽喉の渇きを覚えながらやっとのことで、土造りが崩れかかったような侘しい一軒家に達した。

建物の前に立つと、何かしら人間の宿命を表徴しているような趣《おもむき》がする。周りには人家らしいものはない。ただ、この家の脇に肌滑らかな沙羅双樹《さらそうじゅ》が聳《そび》えていて、甘い香りを放っているのが唯一の救いなのかもしれない。

扉もないような角口に立ち、ここに教祖がいるかと思うと、二人は不思議なくらい緊張した。

「ごめんください」

呼吸を整えて、阿南が声をかけた。

反応がなかったが、二度目の声で薄暗い建物のなかから、いまが盛りと見える女性が長い布を腰から胸に巻きつけ、その端を肩から垂らした格好で用心深げに現われ、思いもよらぬ珍客に胡乱《うろん》な眼差しを向けた。

「何かしら?」

濁《にご》った声であった。

「私は仏教徒の阿南と申す者でございます」

低頭する阿南につづいて、

「同じく羅喉羅と申します」

この辺では珍しい、ていねいな修行僧のあいさつを受けながら、彼女の内心は油断のならない風情ではあった。

「あなたが安羽里さんですか」

「そうだけど。何か?」

「はい」

阿南は改まり、

「この土地のお人にうかがったのですが、いつか路上に倒れているお方を救われたというのは、あなたさまでしょうか」

するど、安羽里なる女性は微かな笑みを浮かべ、

「救ったなんて、そんな大それたことではないけれどさ。歳をとっているし、泥まみれで、あまりにかわいそうだったから人に頼んでこの家に運んでもらったのさ」

この言葉を阿南も羅喉羅もおそらく感動に似たものを覚えたであろうし、阿南は心の底から、

「ご立派なことで」

と言うと、彼女は鼻梁《びりょう》に小じわみたいなものを寄せて、

「立派だなんて、からかわないでよ」

薄笑いを洩らした。

「いや」

阿南は首を強く振ると言った。

「突然、参上してまことに恐れいるが、そのお方に会わせてもらえんでしょうか」

「会ってどうすんのさ。あんなじいさんに」

「私どものたずねているお方ではないかと思いましたもので。なにとぞ、ご迷惑とは存じますが」

瞬《まばたき》きもせず阿南を見つめていた安羽里は、ふーっと息をついて、

「何も断る義理あいもなし、どうでもいいようなもんだけど、少しボケているかもしれないよ、あのじいさん。血も涙もない変な野郎に身ぐるみはがされたんだか、スッカラカンの格好で腹をすかせて倒れていたんだけど、それでも苦しそうな顔をしていないんだよ。人間の欲がどうのこうのって訳のわからないことばっかり言ってさ。変なんだよ、少し」

口調とは裏腹に、安羽里の眼差しに侘しげなものがよぎった。そして、阿南が懸念したよりも安直に、

「はいったら、どお。蒸し焼きになっちゃうよ、そこに突っ立っていたら」

「ありがとうございます。では、ごめんをこうむって」

涼《りょう》をとれたとまではいかないが、安羽里に促《うなが》されて屋内にはいると、狭いながらも裏口へ筒抜けになっていた。

左手には貧しいながらも整頓された薄暗い部屋の隅に、この建物には不釣合いに見える特別に敷かれた織物の上に横たわっている物体の片鱗が、二人の目に留まったものの安羽里の陰になった。

「お客さんよ」

背をまるめたような、後ろ向きの小さな物体を安羽里が軽くゆすった。

しかし、返事がなかった。

「いつもこうなの。眠ってばかりいて。……男もこうなったらおしまいだ」

誰に言うともなく口にする響きには妙な色気が漂《ただよ》う。

大切にされているらしい、その人物の顔を近寄って見た時、二人の仏弟子は「あっ」と声を上げるところであった。

衝撃とはこのことである。

年齢とはいえ、わずかな年月にひどく萎《しな》びれてしまった目当ての釈迦如来ではないか。

「御師！」

飛び込むようにして、阿南が極端に細くなった釈迦の掌をとると、羅喉羅は無言のまま息を呑んだ。

その時、澱《よど》んでいた釈迦の眼が意外にもきりっとよみがえり、阿南の掌を握りかえしたかに感じられたが、

「御師！」

ふたたび阿南は釈迦の掌を握ると、応じることもなく、脱力のまま意識まで遠ざかったように見られるのであった。

「羅喉羅もここに来ております。祇園精舎に還りましょう。みんなが待っております」

「……」

釈迦の目は空《うつ》ろだった。

この時、釈迦の意識には何があったのか、なかったのか。老衰者の意識を知るには元気な者に謎である。

すぐさま阿南は釈迦の手首をとり、脈を測るとともに痩せた胸を開き、しばし凝視した。その傍で安羽里が深刻な顔をしている。

——二呼吸中、脈は二つしか打たない。

二呼吸中に脈が一つしか打たないのは死病であり、二呼吸中、三つ打つのは重病である。それが二つしか打たないとなると、残念だが手の打ちようがない。と言って、このまま捨てもおけず、無駄ではあるかもしれないが、適当な薬草を煎じて飲ませるより方法は見つからないのだ。地団駄ふんでもはじまるものではない。

阿南はさっそくアーモンドを煎じることを羅喉羅に命じた。

命じられたまま羅喉羅は頭陀袋のなかからアーモンドの種を取り出し、石をもって土間で砕く。これを煎じて飲むと老衰や咳に効くと伝えられている。が、これほどの衰弱に効果があるとは阿南とて信じているわけではない。しかし、これより方法はないのだ。

砂で濾《こ》した飲み水を瓶のなかから汲み出すと、砕いたアーモンドの種と、阿南が指示した他の薬草とを混ぜて土器に入れ火にかけた。

だんだんと薬草の香りが部屋中に漂い、軽い病人であればこの香りだけでも治ってしまいそうな気がする。

「ねえ、じいさん、悪いの？」

安羽里の相貌が変わった。

「はい」

阿南にとってこれより返事のしようがない。

ふだん人の前では悟ったようなことを言いながら、こういう時に祈るより方法がない己の無力無能さを恥じるのであった。

羅喉羅は専用の椀に湯気の立つアーモンドの汁を注ぎ阿南に渡すと、阿南はそれを受け取り、口を半開きに呼吸をしている釈迦の口元へ持っていく。

飲みやすくするため、安羽里が釈迦の首をささえ、阿南が、

「アーモンドの汁です」

と、断っておいて飲ませると、うっすら開けた濁った目を動かさずに、痩せた咽喉もとをごくりとさせたとたん、むせた。

一人の老人に煎じ薬を飲ませるのに三人がかりである。

「昨日まではこんなじゃなかったんだけど、どうしたんだろ」

不安げな安羽里。

「歳をとると急激に変化が起きるのです。どの人も同じです。私はこのお方と一緒に長い間、たくさんの人を診てきました」

「そんなものかしら、人って」

「みんな同じです」

「やだねえ。……この間、こんな細い手を伸ばすからさ、まだ色気があるんだ、このじいさんはと思っていたけれど、わかんないもんだね」

「そこで、おたずねしようと思っていたのですが」

阿南は態度を改めてこうたずねた。

「なぜ、あなたはこのお方をこれほど大事にしてくださったのですか」

「大事なんて、別に」

次の言葉をさがしだすと、

「親だと思ってさ。あたしには親も身内もいないからね。人はもの好きだと笑うけれど」

「いや、なかなかできることではありません」

「あたしは親兄弟もいないし、早い話が気まぐれみたいなもの」

「肉親はどなたもおられないのですか」

「みんな死んじゃったもの。一人娘のあたしを置いて」

「……」

「あたしの両親も人がいいだけで、だめだったねえ」

「病気で亡くなられた？」

「子どものころ、大洪水があってね。流されちまったのさ」

「そういえば昔、ありましたな。覚えていますよ」

「へー、知ってるの？　そんなら話しやすい。あたしは人に救われ、助けてくれた人も貧乏でね。いつまでも喰わしておいちゃくれないよ。そんなもんなんだ、世のなかなんてもんは。詳しく話せばきりがない。あんたは年配者だからよくわかっているだろうけれど」

「……」

阿南は強く頷いた。

この時、安羽里の目元にうっすらと笑みが漂った。

「あたしの母親の姉という人はすごいんだよ。本当にしないだろうけれど、あたしはまだ生まれていなかったから会っていないが、一国の王子様と結婚したんだって。夢みたいな話だろ」

「……！」

「幸せだったらしいけれど、早死しちゃったんだって。ついてないんだね、あたしんところは、みんな」

「もしかしたらキャーシャー族の」

こう阿南が口走ると、安羽里は初めて驚いた顔をした。

「よく知っているね。あたしも両親からそう聞いた」

初めて彼女は目を丸くした。

阿南の顔色も変わった。

「あなたのおっしゃることを信じると、このお方があなたの叔母さんが結婚された王子様です」

「えっ！」

安羽里には、のけぞるほどの驚きであった。

(そんなことってあるのかしら？　まさか夢をみているんじゃないだろう。どうしたんだろう、これは)

頭のなかがこんがらがった。

「どこかでお見受けしたお顔だと最初から思っていたのですが、お妃のお血筋でしたか」

「何なの、いったい！」

彼女は息を飲んだ。

「まったく意外でした」

「恥ずかしい」

そのしぐさは、やはり若い女性であった。

品格からして王子妃の比ではないが、頬から顎あたりがどこか見たような顔だと思っていただけに、阿南はこれで納得した。

いま耳にした御師が彼女へ掌を伸ばしたというのは、亡き妃の面影を見たのかもしれないのだ。しかし、不思議な邂逅《かいごう》ではある。宿命のいたずらというべきものなのか。

さっそく頭陀袋を片づけている羅喉羅を呼んだ。

「驚いてはいけない。このお方はな、そなたの従妹ぞ」

これを聞いた時、羅喉羅はまさかと思いながらも気を変えてみると、かなりの衝撃を覚えた。口を半開きにして瞬きも忘れるほどだった。

まさか、こんな事態のなかで阿南が人をからかうはずもない。無理に笑おうとした羅喉羅の頬がひきつり、安羽里と羅喉羅の目がぶつかった。

この男が同じ血筋の従兄妹とは。

「何だか、夢みたい」

興奮のなかでボソッと安羽里が言った。

短い時間に起きた大変化。すでに彼女は不特定の男らへ身体を売る玩具ではなく、普通の女性であった。

羞恥と断絶感が、かよわい女の全身を蛇のように絡み絞ってゆく。

「あまり、ご自分をいじめてはいけません。さんざんご苦労されたあなたを仏様と、この釈迦如来が救いの掌を差し伸べられているのです。とにかく、あなたのことは私どもにおまかせください。これも因縁というものです」

阿南が口早に言うと、羅喉羅のあたたかい掌が初めて従妹《いとこ》の肩に触れた。

「素直になったらいいのです。私だって驚いているのですから」

すると、彼女は泣きそうな涙目をまばたいて、

「これでは毒口もきけなくなってしまった」

苦笑する口元がこわばった。

「仏様のお導きなのです。あなたというお人は素直ないいお方なのですよ」

と、阿南が言うと、

「ありがとう」

と返しながら、

「じゃ、お兄ぃちゃん」

いまのいままで孤独だと思っていたものが、降ってわいたように同じ血筋と聞かされて、側の修行僧羅喉羅に親しみを感じながらも、長いこと忘れていた気恥ずかしさが先にたった。

「あたしにこんないいお兄ぃちゃんがいたなんて信じられない」

「信じたっていいんだよ」

羅喉羅お兄ぃちゃんは、安羽里が一度も会ったことのない優しい男であった。

「ちょっとだけさ、一杯やろうよ。支度するから」

若さというものはしかたのないものかもしれない。彼女は前後も忘れて立ち上がった。

「そんな場合ではありません」

あわてて阿南が止めるのも耳にせず、蝶のように安羽里はその場を離れた。

現実の状態はそれどころではないというのに。釈迦の脈を測ったままの阿南は眉を寄せた。

「どうですか?」

硬い表情の羅喉羅に対して阿南は無言のまま、わずかに首を横に振った。

夜分でもないのに、まったく静かな環境である。こんな貧しい仮宿で無言のまま実父の亡体をさすっている羅喉羅の心底はいくばくか。

運命の父子は話し合うこともなく決別せねばならないのだろうか。

突然、釈迦の唇が微かに動いた。

何が言いたいのか。

優しい貌である。

ついに極楽から迎えの乗り物が到着したと感じた阿南は、南無阿弥陀仏と唱えながら全神経を集め、口元へ緊張の耳を寄せた。

微かでも口を動かせている仏教祖は、この世での最後の〈南無阿弥陀仏〉を唱えているのかと、阿南は意識しながら全身を耳にしたが、どうも音《おん》がちがう。

じっと耳を傾ける。

微かに、微かに――。

（オ、ツキサ……、マ、コン、バン……ワ。オ、……ホシ……サ、マ、キイ……ラ……キラ）

ある場面が阿南の意識をよみがえらせた。

「おお、これは……！」

遠い、かの日、宮殿の窓から夜空を眺め、最愛の嬰児・羅喉羅を抱きながら口ずさんでいた童唄ではないか！

たまらなくなった阿南は、強く羅喉羅の掌をとって、冷たくなってゆく釈迦の掌の上に乗せ握りしめた。

「御師！」

あふれる慟哭をこらえる阿南。

さまざまな思いが葛藤するなかに、

「酒がちょっぴり残っていた」

異常な空気に、さすがの安羽里もぎくっとした。

羅喉羅は無言で首を横に振った。

「ただいま、仏教祖は亡くなられました」

阿南が言うと、安羽里は引きつけられるようにして、その場に崩れた。

無言のうちに熱いものが頬に線を引いてゆく。義理の伯父と姪としての会話の誕生も、無常にも断絶したことになったのだ。

「じいさんは、きっと、二人が来ることを死にそうなのに我慢して待っていたんだ」

譫言《うわごと》みたいに安羽里は洩らした。そして、こらえきれなずに泣いた。

いつの間にやら、乾燥した窓から裟羅双樹の白い花びらが甘い香りを漂わせながら、仏教祖・釈迦の亡骸《なきがら》の上へ何かを囁くかのように、ひらひらと舞い落ちて来るのであった。

〈あとがきにかえて〉

〈阿南〉なる名詞についてひと言、申し上げておきます。どの経典や書籍にも阿難としてあるのに、なぜ阿南なのかとの疑問を持つ読者もおられると思います。

彼の本名は〈アーナンダ〉なのですが、仏教がいまの中国にわたり、音《おん》を漢字に直す時、なぜ阿難としたのか。

その時点で五百年以上もたっているというのに、訳す人が〈アナン〉に、あまりいい感じをもたなかったのではないでしょうか。

仏教祖に対して生臭いことばかり述べていたとか、アナンという人物の伝わり方に無理があったのかもしれません。

優れた十人の弟子のうち、いまもって最下位に位置づけられ、しかも羅喉羅の下にしてあります。師である釈迦の意見に対し、素直さに欠ける、下手したら仏教が乱れる恐れありとの懸念が原因だったのではないでしょうか。もっとも、それは妄念《もうねん》みたいなものなのでしょうけれど。

彼には彼の才能があって、それをつぶしてしまっては進歩がありません。御師釈迦の説法に対し、己の意見を述べるのも悪くはないと思います。

そこで、いまはこの世におられないでしょうが、僧侶で作家である某氏の意見に賛成して、私は阿難をあえて阿南と意識しました。

阿――、この文字は、よりかかる、もたれる、すがる、などの義を示す文字であり、問題の〈難〉なのですが、漢字では、かたいこと、むずかしいこと、できにくいこと、とがめる、なじむ、はばむ、こばむ、はばかる、くるしむ、うれい、わざわい、みだれる、仇敵など悪境を表現する文字。

南――は草木の茂る義であり、育成または成就の意で、ゆたか、あかるい、ほがらか、などを意味しますので、経典や一般に使われている阿難ではなく、この創説では阿南といたしました。

ついでにと言ったら、はなはだ申し訳ないのですが、ひと言つけ加えますと、後漢民帝の永平十年（紀元六十七年）にインドの迦葉摩騰《カミシュヤパマータンガ》と笠法南《ドグルマラカンシャ》の二人が初めて仏教を伝道したのだと伝えられております。

西暦百四十年ごろ、西部地方の安息国の僧・安世高が現在の中国に来て、やはり西方の広大な砂漠と山脈に挟まれた月氏国《ゲッシコク》の氏婁迦識《シルカセン》と共同で〈無量寿経〉

を漢文に訳しました。いずれにしても釈迦（本名＝ゴータマ・シッダールタ）が亡くなって五百年後に他国へと花開いたのです。

日本に仏教が伝わるのは、それからまた四百年後になります。

それまでには優れた知識人が数多く出てきて、釈迦が始めた人助けとはかなり異なった仏教が生じ、分裂しながら伝わってきたものと推考します。

この作品にとりかかるうちに、釈迦は白人の血が混じっていることに気づきました。はるか西方のあるところから遠征して来た釈迦の父が、その地の女性に生ませた子が釈迦であり、母親は、ある日、「白い巨象が右脇腹からはいった夢をみて釈迦が生まれた」と伝えられております。

文化的に劣っていた土地の人びとは占領軍の彼らを恐れ敬い、言葉まで倣《なら》うようになり、手ぶり身ぶりまで加えられたと考えます。それは支配者の政策だとも観られます。

ある時代の日本人が、青い目の一挙一動や文化に対する劣等感、そして憧憬。きっとあれに似たものなのでしょう。しかし、日本の場合は昔から優れた文化が伝えられていましたし、反省する能力もあったので、よかったと思います。

しかし、現代を彩られていく言語や様子をしっかり観ていないと、油断はできません。

最後の場面で老いた釈迦の面倒を診ていた遊女がおります。名をアンバパーリーというのですが、読みやすいように安羽里と漢字に直したのは筆者です。なので、他の書物には〈安羽里〉などないはずです。

しかし、彼女が釈迦の最期の看護者として登場しますが、これは事実として残されております。

仏教祖の名をシッダールタと呼ばず、日本ではお釈迦様で通用しておりますので、わかりやすく〈釈迦〉といたしました。

この作品は創説とはいえ、嘘や単なる作り話ではありません。

歴史の隅ずみを探り分け入って、その世界に呼吸している生きた人間と、社会性を念頭におき、私なりの想像力をもって真実に迫りました。

数千年もの昔を、ましてや外国のことを諸氏の前に提出するのは容易なことではなく、ただこの一編をもって毎度のことながら、不安定な人間の世界と、真実というものを訴えたかったのでございます。

高橋左駄（たかはし さだ）

劇作家・作家

1919年（大正8年）1月、東京・台東区下谷下根岸に生まれる。

1948年（昭和23年）、激戦地トラック島より生環後、執筆した戯曲「トラック島」で朝日新聞社文化連盟賞受賞。演劇雑誌『テアトロ』に掲載される。

戯曲執筆・演劇活動及び、映画・演劇・諸芸能に関する論評活動を行なう。肺結核の手術後、人間心理探究に興味を持ち、小説執筆を行なう。

日本の古代史の謎や、古武術の研究、いまだ知られていない賤民階級の生活及び、江戸時代の考証・研究に携わる。

（主な著書・近作）

自らの著書を「小説＝小さな話」ではなく、話を創るという意味で「創説」とした。

『創説・宿命の絆』文芸社（2001年）、『創説・剣客と知られざる明治維新―史実秘話』日本文学館（2004年）、『浅草界隈楽屋内』『執着』トーホー出版会（2012年）、『ガラスの靴』文芸春秋（2015年）他。

『人間《にんげん》・釈迦《しゃか》とその弟子《でし》たち』

2016年5月20日　　第1刷 ©

著　者　　高橋 左駄

発　行　　東銀座出版社

〒101-0061　東京都千代田区三崎町2-6-8

☎ 03(6256)8918　FAX 03(6256)8919

http://www.higasiginza.co.jp

カバーデザイン　戸田ヒロコ

印刷　シナノ印刷株式会社